書下ろし

闇奉行 切腹の日

喜安幸夫

祥伝社文庫

目次

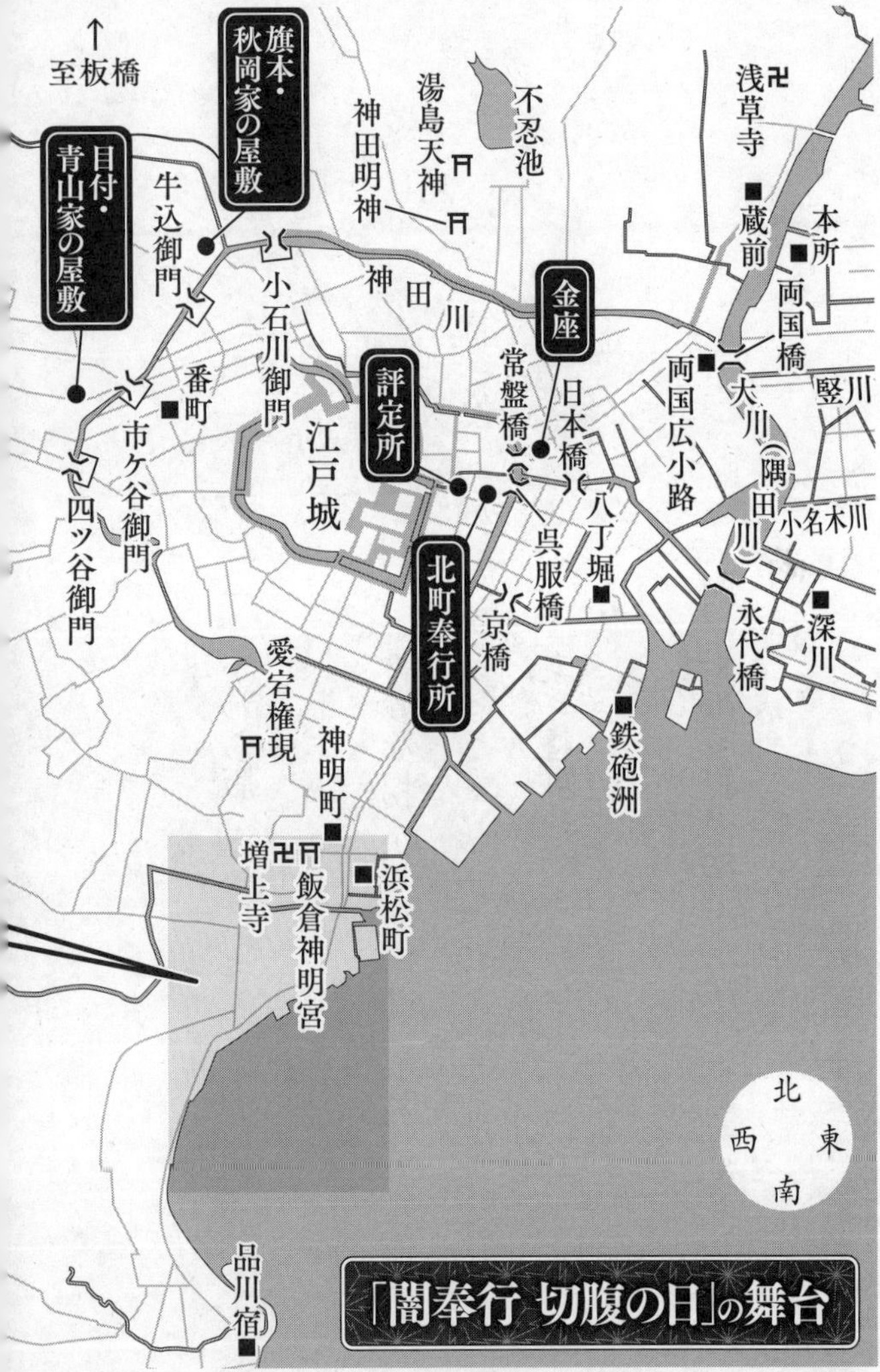
至板橋
旗本・秋岡家の屋敷
目付・青山家の屋敷
牛込御門
湯島天神
神田明神
不忍池
浅草寺
蔵前
本所
両国橋
神田川
金座
小石川御門
番町
市ケ谷御門
四ッ谷御門
評定所
江戸城
常盤橋
日本橋
両国広小路
大川（隅田川）
竪川
小名木川
八丁堀
呉服橋
北町奉行所
京橋
永代橋
深川
鉄砲洲
愛宕権現
神明町
増上寺
飯倉神明宮
浜松町
品川宿
北
西
東
南
「闇奉行 切腹の日」の舞台

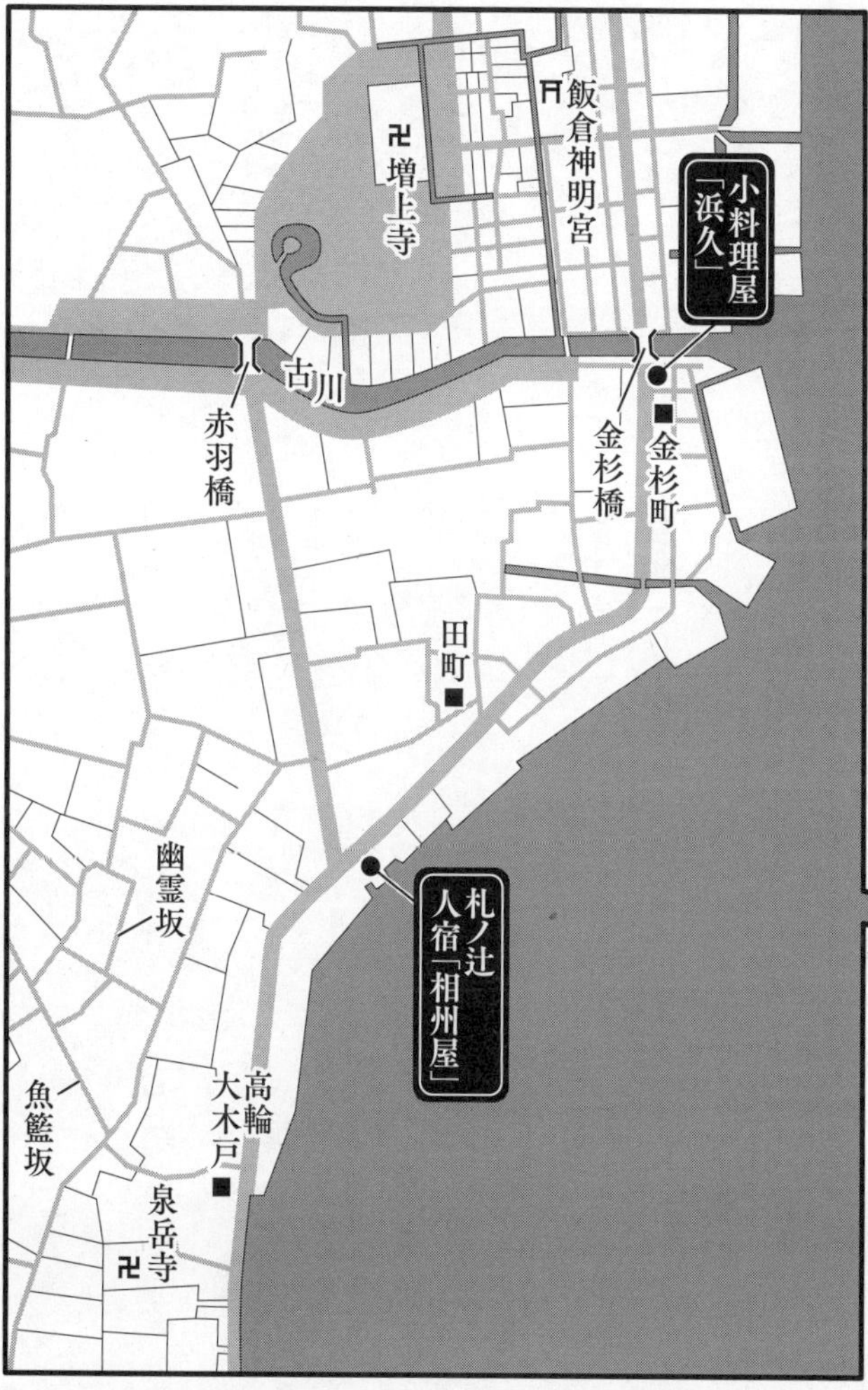

飯倉神明宮
増上寺
小料理屋「浜久」
古川
赤羽橋
金杉橋
金杉町
田町
札ノ辻
人宿「相州屋」
幽霊坂
魚籃坂
高輪大木戸
泉岳寺

地図作成／三潮社

一　かわら版

一

夕暮れが近づき、動きの慌《あわ》ただしくなった街道に視線をながし、

「きょうも喰《く》いつめた宿無《やどな》し、入って来《こ》んようだなあ」

「いいことじゃありませんか、そのほうが」

相州屋忠吾郎《そうしゅうやちゅうごろう》が言ったのへ、何杯目かのお茶を出したお沙世《さよ》が返し、盆を小脇に茶店の中へ戻ったときだった。往還《おうかん》に出した縁台にほかの客はおらず、忠吾郎が一人となった。

人のながれのなかから、袷《あわせ》の着物に角帯をきりりと締め、編笠《あみがさ》でなかば顔を隠した男が、縁台に座る忠吾郎のすぐ前をゆっくりと通り過ぎ、もう一人似た姿

の男が、ふくらんだふところを手で押さえ、茶店の縁台に近づいて来た。

さらにその数歩うしろに一人、おなじような編笠の男が周囲を警戒するようについているのが、忠吾郎の目にとまった。慌ただしい夕暮れ近くの街道にゆっくりと歩を踏んでいるのが、かえって目立つことに、男たちは気がついていないようだ。

ふところを手で押さえた男が、

「旦那、お話。お話だよ」

小声で忠吾郎に声をかけ、ふところの紙片の束をチラと見せた。そのすぐうしろを、仕事帰りか空《から》の大八車《だいはちぐるま》が車輪の音を立てて通り過ぎた。

文政《ぶんせい》三年（一八二〇）卯月《うづき》（四月）に入ったばかりの、暖かく天気のいい日だった。

忠吾郎は男の口上《こうじょう》を待つまでもなく、それがなんであるかを察した。

おとといのことだった。

おクマ婆さんとおトラ婆さんが相州屋の寄子宿《よりこやど》に帰って来て、忠吾郎が陣取っているお沙世の茶店の縁台に腰かけるなり言った。

「――金塊だって、金塊。天から降ったような話さね。日本橋界隈《にほんばしかいわい》じゃ大盛り上がりらしいよ」

「――降ったんじゃないよ。かまどの灰の中から出てきたんだよう。板橋宿《いたばししゆく》の旅籠《はたご》だって」

二人の婆さんはいささか興奮気味だった。

どちらも人宿《ひとやど》の相州屋をなかば終《つい》の住みかにしており、それは江戸府内の東海道沿いで田町《たまち》四丁目の札《ふだ》ノ辻《つじ》に暖簾《のれん》を張っていた。お沙世の茶店は街道をはさみ、その相州屋と向かい合っている。

人宿とは、行き場のない者がしばし寝泊まりできる設備を持った口入屋《くちいれや》のことで、そこに身を置く者を寄子《よりこ》といった。

寄子のおクマは家々の燭台《しよくだい》の蠟燭《ろうそく》のしずくをかき集め、一定量になると再生用に蠟燭問屋へ持ちこむ〝蠟燭の流れ買い〟をしており、おトラは、日々の必需品であり火打石で熾《おこ》した火を炎にする、紙のように薄く切った木片の先に硫黄《いおう》を塗った〝付木《つけぎ》売り〟をしている。どちらもかさばらず、年寄りに適した仕事で、町々の各家の裏手の台所に入り、その家のおかみさんや女中を相手にするから、町々のうわさが入りやすい。

一日の仕事を終えたおクマとおトラには、歩き疲れた身を相州屋と向かい合った茶店の縁台に休め、茶を飲みながら忠吾郎やお沙世に、その日耳にした町のうわさ話をするのが、楽しみのひとつとなっている。

おとといは街道沿いのいずれかの町家で耳にした金塊の話をしたくて、いつもより早く戻って来た。

それによると、おとといい日本橋のたもとにかわら版売りが出て、

「——さあてさて、奇妙頂礼《ちょうらい》ちょいちょい」

と、一人が太鼓を打って往来人の気を惹《ひ》き、もう一人がなんともふざけた抑揚で口上を述べていたらしい。

口上は、かわら版のさわりの部分である。

「——場所はといえば中山道《なかせんどう》最初の宿駅の、とある旅籠でござーる。そこのかまどの灰から、天から降ったか地から湧いたか、金のかたまりがザックザックと出たからさあ大変だ。さあさあ、詳しくはここに書いてござーる」

さらにもう一人がかわら版の束を手に、一枚をひらひらと振り、

「一枚八文、わずか八文だよ。さあ、数に限りがあるよ。八文、八文だ」

それらの音と声に人だかりができ、かわら版は売れたという。

それだけなら座興に買う者がいても、たちまちうわさが街道を走ることもないだろう。

六尺棒の捕方《とりかた》を引き連れた奉行所の役人が十手《じって》をかざし、

「——ならんぞ、ならんぞ！」

大声を上げながらすっ飛んで来たらしい。

かわら版売りたちは素早く人混みに逃げこみ、一人も捕まらなかったという。

これがかえって、なにやらお上《かみ》に都合の悪いことがあるらしいぞとうわさを呼び、金塊の話はがぜん信憑性《しんぴょうせい》を帯び、街道を走ったようだ。

それをさっそくおクマとおトラが、お沙世の茶店で披露《ひろう》したのだ。

かわら版屋にすれば、たとえ役人に捕まらなかったとしても、何百枚も摺《す》ったのに売れなければ大損である。

一日あればうわさは街道をかなり広い範囲にながれる。現に日本橋界隈の話がすでに田町の札ノ辻まで伝わっているのだ。

そこでかわら版屋がつぎに打つ手は、編笠で顔を隠して最初の町から離れた土地《ところ》を徘徊《はいかい》し、ひまそうな人を見つけてはそっと声をかけて一枚一枚売りさばくことである。もちろん意味ありげに手間ひまかけて売るのだから、値は数倍に跳《は》ね上がる。

夕暮れ近くで慌ただしい街道の動きのなかに、悠然と茶店の縁台に腰かけ茶を飲んでいる、貫禄のある商家のあるじ風の忠吾郎などは、そうしたかわら版屋にすれば格好の相手だ。

忠吾郎はおととい、金塊の話をおクマとおトラから聞いており、かわら版屋の声に応じた。

「どこかのかまどから、金のかたまりが出たってあれかい」

「へい、お察しのとおり。一枚摺り十六文で」

おとといは一枚摺り四文銭《しもんせん》二枚の八文だった。二日後のきょうは二倍の十六文になっている。街道にながれたうわさが、それだけの価値をつけているのだ。

ちなみにお沙世の茶店のお茶は、一杯三文とっている。四文銭一枚で一文銭のおつりを出すのは、またのお越しをとの挨拶《あいさつ》代わりである。もちろん相州屋の忠吾郎や寄子たちからは、幾杯飲もうがお代を取ったりはしない。日ごろから忠吾郎が相応の手当てをしている。

「おもしろい。一枚もらおうか」

忠吾郎が湯飲みを縁台に置き、ふところから巾着《きんちゃく》を取り出し、かわら版屋も一枚取り出したときだった。

「逃げろ！」

人のながれのなかから声が上がった。

それと重なって聞こえた。

「北町奉行所である。神妙に縛《ばく》につけいっ」

北町奉行所の定町廻《じょうまちまわ》り同心のようだ。

「いけねえ！」

「どうした」

かわら版屋は取り出したかわら版一枚をその場に落とし、

「まずい！　前からも来たぞっ」

さきに茶店の前を通り過ぎた編笠の男が駈《か》け戻って来る。茶店の前は前後から挟《はさ》み打ちにされている。最初に逃げろと声を上げた男は、すでに編笠を飛ばし、捕方に押さえこまれている。それら捕方は、荷運び人足《にんそく》のいで立ちで、空の大八車を牽《ひ》き、そこに六尺棒を隠していたようだ。小銀杏《こいちょう》の髷《まげ》で着ながしに黒羽織《くろばおり》を着《つ》け、ひと目で奉行所の同心とわかるのは一人だけだった。捕方はかなりの人数が出張《でば》っているようだ。

かわら版をふところにした男と前面から走り戻って来た男は、すでに逃げ場を失っている。

「きゃーっ」

女の悲鳴に、

「どうしたあっ」

「なにがあった！」

男たちの声がつづき、札ノ辻はたちまち騒ぎの場となった。お沙世も茶店から飛び出て来たが、まわりの野次馬とおなじく事態がわからない。

編笠の男二人は茶店の前に瞬時立ち往生《おうじょう》となった。

「それっ、そこの二人だっ」

「おーっ」

同心の声に捕方たちは六尺棒を振りかざし駈け寄って来る。

残った二人は棒立ちになり、逃げ場といえば向かいの相州屋の路地しかない。

「きゃーっ」

「わわわっ」

編笠を手で押さえた二人は、数名の野次馬を突き飛ばし、その路地に走り込んだ。入れば相州屋の母屋《おもや》の裏庭と、それに寄子宿で五軒つづきの長屋二棟があるのみで、あとは行き止まりである。

「それっ」

　十手をかざした同心の声に、狭い路地に五、六人の捕方たちが押し合うようにつづいた。往来の野次馬たちもつづこうとする。

　裏庭を荒らされたのではたまらない。忠吾郎は還暦《かんれき》を過ぎた身とは思えない素早さで路地口に走り、

「北町奉行所のようだ。あとはお役人に任せなせいっ」

　ぎょろ目の達磨《だるま》顔で手に鉄製の長煙管《ながぎせる》を持ち、仁王立ちになったのでは、野次馬たちはたじろがざるを得ない。

　裏庭では、寄子宿にいたお仙《せん》が驚いて飛び出て来た。さすがに心得のある武家娘だけに、手には得物《えもの》になる腰高障子《こしだかしょうじ》の心張棒《しんばりぼう》を握っていた。

　編笠の二人はそこが民家の裏庭で行き止まりと覚《さと》ったか、ふたたび立ち往生したところを、

「なにごとですか、これは」

と、目を丸くするお仙の目の前でたちまち取り押さえられた。街道で路地口に

群がっていた野次馬たちがつぎに見たのは、縄《なわ》を打たれ引き立てられる二人の男だった。一人はすでに往還で縄を打たれている。同心はどさくさに飛び散ったかわら版を、声を荒らげて回収したが、すべてを回収するのは不可能だ。

三人は数珠繋《じゅずつな》ぎになり、日本橋のある北方向へ引かれて行った。八丁堀《はっちょうぼり》に近い茅場町《かやばちょう》の大番屋に引かれ、なんらかの詮議《せんぎ》を受けるのだろう。

幾人かによってふところへ隠されたかわら版から、人々は捕縛されたのがおとい日本橋に出ていたかわら版屋で、板橋の旅籠のかまどから金塊の出た話をあらためて知った。うわさは江戸市中にいっそう広がることだろう。

忠吾郎もすかさず一枚をふところに入れていた。野次馬が散ってから縁台であらためて茶を飲みながらそれを開いた。

中山道は板橋宿の「鶴屋《つるや》」という旅籠のかまどから、灰にまみれた、人の指ほどの金の延《の》べ棒が一本出て来て大騒ぎになり、宿場役人が駈けつけすぐに回収したが、まだあるのではないかと宿場中で騒ぎがつづいていると記《しる》されている。

裏庭から出て来たお仙も、お沙世と一緒に忠吾郎の横に座って読んだ。

「大げさではない文面、嘘ではないようですねえ」

「あたしもそう思います」

お仙が言ったのへ、お沙世も相槌《あいづち》を打った。

かわら版などというのは、箱根《はこね》山中で狐《きつね》と狸《たぬき》が合戦を演じ、敗《ま》けた側が人間に化けて江戸へ逃げこんで来たから気をつけろとか、江戸湾に大ダコが現われ千《せん》石船《ごくぶね》を海の底に引きこんだとかいった類《たぐい》が多い。買うほうも湯屋《ゆや》や髪結床《かみゆいどこ》での話の種として楽しむのだから、騙《だま》されたと怒る野暮《やぼ》な者はいない。

そのようななかで、さきほどのかわら版を一読した忠吾郎も、お仙やお沙世とおなじ思いになっていた。

そこへおクマとおトラが帰って来た。陽《ひ》はまだ沈んでいない。一日を終えようとする夕刻近く、茶店でゆっくり茶を飲む者などいないが、この札ノ辻の茶店はいつも相州屋の寄子たちでにぎわう。騒ぎを聞いたおクマとおトラは、

「ええ、ここでかわら版を⁉」

「ほらね、ほんとうだったろう。あたしらの話」

と、驚くとともに自慢げな顔になった。

そこへまた、

――カシャカシャカシャカシャ

背の道具箱に羅宇竹《らうだけ》の音を響かせ、羅宇屋の仁左《じんざ》が帰って来た。仁左もまた羅宇屋という職がありながら、おクマやおトラのように相州屋の寄子宿を住みかにしている寄子の一人である。

三十路《みそじ》を超したほどで表情も体軀《たいく》も精悍《せいかん》な感じの男だ。煙管《きせる》の雁首《がんくび》を新たな羅宇竹にすげ替え、脂取《やにと》りもする商《あきな》いである。商家でも武家屋敷でも裏庭の縁側にさまざまな紋様の羅宇竹をならべ、その家の主人や用人、番頭たちと話しながらの仕事だから、おクマやおトラとはまた違ったうわさ話を耳にすることが多い。

お沙世が迎えるように往還へ飛び出て、

「もうすこし早く帰って来れば、いい見物《みもの》があったのに」

本物の捕物など、そうざらに見られるものではない。

「えっ、なにかあったのかい」

「相州屋《うち》の裏庭で、かわら版屋が捕縛されましてねえ」

仁左の問いにお仙が応《こた》え、

「これだ」

と、忠吾郎が縁台に腰かけたままかわら版を示した。

立ったまま受け取った仁左は一読し、

「えっ、さようですかい。これを振り出したかわら版屋がお縄に」

さらりと返した。まるでそれを予測していたような応答に、

（ふむ）

忠吾郎は内心うなずき、二十歳《はたち》を超したばかりで機転の利《き》くお仙は、武家娘らしく単刀直入に、

「仁左さん、ご存じでしたのですか」

「いや、まあその。そうそう、おクマさんとおトラさん、おととい言ってたじゃござんせんかい。かわら版屋が捕まりそうになったって」

仁左はおクマとおトラがおととい語ったのを、お仙の問いをかわす盾《たて》のように切り出した。

「そう、そうなんだよ」

「それがまたここであったなんてねえ」

太めで丸顔のおクマが言ったのへ、細めで面長《おもなが》のおトラがつないだ。

陽が落ちかかった。街道はきょう最後の慌ただしさを見せている。

一同は茶を飲み干し、縁台から腰を上げた。

「あら仁左さん、ご免なさい。お茶も出さないで」

「ああ。いいんだ、いいんだ。あしたまた、ゴチにならあ」

羅宇竹の音が街道を横切り、おクマやおトラにつづいて寄子宿への路地に入った。

板橋の金塊騒ぎを伝えるかわら版が出れば、奉行所の役人が厳しく取り締まることを仁左は知っていた。だがその捕物が札ノ辻で、しかも自分の住まっている相州屋の裏庭であろうとは、思いも寄らないことだった。そのせいか忠吾郎までが、こたびの金塊騒ぎに関心と疑念を深めたようだ。

二

おクマとおトラが、かわら版のうわさを札ノ辻へ持ち帰る五日ばかりまえのことだった。

股引《ももひき》に袷《あわせ》の着物を尻端折《しりはしより》に、手拭《てぬぐい》を吉原《よしわら》かぶりにしたいつもの姿で、背の道具箱に羅宇竹の音を立て、お沙世の声に送られ札ノ辻を出た仁左はそのあと、江戸城本丸御殿の正面門の前に歩を踏んでいた。その姿もどこで改めたか羽織袴《はおりはかま》に大小を帯び髷《まげ》も結いなおした、歴《れき》とした武士の姿だった。

その姿は正面玄関には入らず、右手のほうへ向きを変えた。その先には目付《めつけ》部屋と徒目付《かちめつけ》の詰所《つめしょ》がある。目付は旗本の行状を監視する役職であり、徒目付はその手足となって動く武士団で、身分は微禄《びろく》の御家人《ごけにん》だが、活動資金は豊富だ。そのなかでも身分を隠し、商人や職人に扮《ふん》して市井《しせい》に暮らし、下知《げじ》があれば隠密もどきに探索に走る者を隠れ徒目付といった。

武士姿の仁左は慣れた所作で徒目付詰所に入り、ひと息入れるとやおら腰を上げ、つぎの間に伺候《しこう》した。目付部屋である。

「おう、さっそく来たか。おぬしはいつも動きが速いのう。頼りにしておるぞ。さあ、顔を上げてくれ」

と、平伏する仁左を気さくに迎えたのは、七百石取りの旗本で幕閣からも有能な目付として一目置かれている青山欽之庄《あおやまきんのしょう》だった。四十を超えたばかりの働き盛りで、表情からも切れ者であることがうかがわれる。

「はーっ」

端座《たんざ》の姿勢で顔を上げた仁左は隠れ徒目付の一人で、相州屋の寄子宿に羅宇屋として住まっているのは役務の一環で、本名は大東仁左衛門《おおひがしにざえもん》といった。

「そなたを呼んだのはほかでもない。そなたのことだ、もう耳にしておろう」

目付が徒目付に〝そなた〟と声をかけるのは珍しい。それだけ青山欽之庄は大東仁左衛門に信を置いていることになる。本来なら〝そのほう〟とか〝おまえ〟と呼ぶところだ。

「いえ、なにも」

「あははは。その正直なところ、いかにもそなたらしい」

青山欽之庄は表情をゆるめ、

「無理もない。きのうのことで、それも中山道《なかせんどう》の最初の宿駅、板橋でのことだからなあ」

「その板橋宿で、なにかありましたので？」

「あった」

青山の表情が真剣なものに変わった。

「佐渡《さど》の相川《あいかわ》番所より江戸へ送られた金塊が、途中で何者かに少量、抜き取られたらしいのだ」

「えっ。佐渡金山からの荷が、大八車か荷馬ごと消えたのではなく、すこし抜かれた？　いかほどにございましょうや」

突飛《とっぴ》なことに、仁左衛門こと仁左は思わず問い返した。抜き取るなど、手の込んだ技量が必要なはずである。

青山も怪訝《けげん》そうな表情をつくり、

「どうもわけがわからん。相川番所を出た荷は、一本八十匁《もんめ》（三百グラム）の延べ棒にした金塊で、それを二百本。えーっと、ほれ、一斤《きん》は百六十匁（六百グラム）だから……」

と、その場で計算し、

「二百本でちょうど百斤（六十キログラム）になるか」

「青山さま、お待ちください。おかしいじゃありませんか。佐渡から江戸へ金塊を運ぶのはいつも隔年で、去年の雪解け、そう、ちょうどいまごろ運ばれて来ました。それも、そんな少量じゃございませせなんだ」

大東仁左衛門こと仁左も、佐渡から江戸へ金塊が運ばれる状況は知っている。佐渡から相川番所の役人が江戸まで警護につくが、八州廻り《はっしゅうまわ》り管掌《かんしょう》の上州《じょうしゅう》に入ったあたりで、江戸城から御庭番《おにわばん》が数名出て、道中に不審な者はいないか江戸城の常盤橋《ときわばし》御門外の金座《きんざ》まで秘《ひそ》かに警備につく。徒目付は御庭番ではないため、大東仁左衛門はその役についたことはないが、話には聞いている。

今年は佐渡から将軍家御用の荷駄隊《にだ》が出るはずはなく、しかも荷がわずか百斤というのは少なすぎる。仁左でなくてもみょうに感じて当然である。だから青山欽之庄も、話すのに怪訝な表情になったのだ。

仁左は問いをつづけた。

「なにゆえでございましょう。時節はずれに、かくも少量の金塊が運ばれて来たなど……」

下知を受けるのに問いを入れるなど、仁左ならではのことである。

案の定、青山は言った。

「ひかえよ。臨時に将軍家御用達の荷が相川番所より出たのは、ご政道の都合によるもの。徒目付が質《ただ》すべきことではない」

「ははーっ」

仁左は恐縮する以外にない。

だが青山はつづけた。

「隠れ徒目付への下知に、かくも詳しく話すは、そなたゆえのことだ。心して聞け」

「はーっ」

返しながら仁左こと大東仁左衛門は、伏した顔をまた上げた。

青山の口が動く。

「二百本、総計百斤の延べ棒は五十本ずつひと箱に詰められ、四箱で運ばれた」

五十本ずつなら、ひと箱二十五斤（十五キログラム）になる。一本八十匁（三百グラム）となるが、手に持てばずしりと感じる重さである。ひと箱二十五斤というのも、かなり重い。だが全体で四箱百斤（六十キログラム）というのは、馬一頭か二頭の背に乗せられ、大八車なら莚《むしろ》をさりげなくかければ、見た目にはほとんど空に近い。

佐渡の相川番所からつく警護は毎回四人で、こたびは越後《えちご》の直江津《なおえつ》まで船で渡り、そこから大八車で北国《ほっこく》街道を踏み、高田《たかだ》、野尻《のじり》、善光寺《ぜんこうじ》、上田《うえだ》、小諸《こもろ》を経て追分《おいわけ》で中山道に入り、軽井沢《かるいざわ》、高崎《たかさき》、大宮《おおみや》を過ぎ板橋を経て江戸に入る順路を取ったという。

荷は少なくても宿場、宿場で十人の人足をかり出し、一人が前で露払《つゆはら》いを兼ねて綱を引き、一人が軛《くびき》に入り、もう一人が轅《ながえ》につかまり、二人がうしろから押した。急な下り坂では、後押しが制御の役目を果たす。その前後を四人の大小を帯びた役人が警護した。残り五人の人足は警護補佐と交代要員である。

こうも物々しければ、沿道の住人や往来人は、よほど大事な物を運んでいるのだろうと気づく。しかも大八車には天下御免の「将軍家御用」の木札が掲《かか》げられているのだ。

「いかに峠道であっても、襲うなど綿密な策と相応の人数が必要だろう。さような慮外者《りょがいもの》を出さないためにも、御庭番が数名随所に出て目を光らせているのだ」

「それを抜き取るなど、さらに困難でありましょう」

「さよう、あり得ぬことだ。ところが、あった」

「いかように」

青山欽之庄は困惑に似た表情になり、仁左こと大東仁左衛門は、その顔を喰い入るように見つめた。脳裡《のうり》に一瞬、警護の者の仕業《しわざ》という思いが走ったのだ。青山はつづけた。

「四つの箱は相川番所で警護の組頭《くみがしら》立ち会いで中を検《あらた》め施錠《せじょう》され、道中に一度も開けられることなく、つぎに開けられるのは常盤橋御門外の金座に着いてからだ。警護の組頭をはじめ、金座の差配役、ご老中や若年寄ら幕閣の代理の方々の立ち会いでなあ。そのときに判《わか》ったのだ。一つの箱で、金の延べ棒三本が鉛《なまり》の延べ棒にすり替わっていた。何者かが抜き取り、目方を合わせるため、鉛をいれたのだろう。警護の組頭は顔面蒼白《そうはく》になったと聞く」

仁左は、警護の者への疑念を打ち消した。発覚する場がわかっており、そのときにはまっさきに疑われることも明白な者が、

（やるはずがない）

のだ。

だが、誰かが金塊を抜き取り、鉛の延べ棒にすり替えたのは確かなようだ。それだけの技量を持った者が、

（なにゆえ八十匁の小さな延べ棒を三本のみ）

疑念が湧いてくる。青山欽之庄の表情にも、そこへの疑念が困惑となってあらわれている。

念のため、仁左は問いを入れた。

「相川番所からの四人は、いまどうなっておりましょうや」

「それよ。すぐそこの百人番所に留《と》め置かれておる。座敷牢《ざしきろう》だ」

「えっ。百人番所に」

あまりにも身近なことに、仁左は驚いた。内濠《うちぼり》のいずれかの門を入り本丸御殿の正面玄関に向かうにはかならず通る位置にあり、きょうもその前を経て来たの

だ。そこは伊賀者《いがもの》や甲賀者《こうが》で構成される御庭番の詰所であり、名のとおり百人近くが詰められる大きさがあり、屋内には不審な者を拘束する座敷牢もある。その構造は仁左も知っている。

青山はさらにつづけた。

「それがきのうのことでなあ、すでに老中より秘かに百人番所の御庭番たちと八州廻り、さらに火盗改《かとうあらため》へも探索の命が下り、それぞれが人数を中山道にくり出し、あしたには北国街道にも入ろうかのう」

「無駄でございましょう」

即座に仁左は言った。御庭番も八州廻りも火盗改も、支配違いから相互の連携はまったくない。しかもいまさら街道に人数をくり出しても、慮外者が痕跡を残しているはずがない。そこは青山も承知しており、

「いや。警護役四人の証言から、信州《しんしゅう》の小諸と追分のあいだで砂嵐に見舞われ、沓掛《くつかけ》と軽井沢のあいだでは突然の豪雨に立ち往生し、いずれも一寸先も見えなくなったほどで、大声をかけ合って互いの存在を確認したほどだったらしい」

「そのときに？」

「わからぬ。だから当面はそのあたりに探索が集中しようよ。あの連中のことゆ

え沿道や近くの宿場で、いかなる些細《ささい》なうわさも逃《のが》すまいよ。金塊が抜き取られたことは厳重に伏せられておるゆえ、それに関わるうわさがわずかでもあれば、かえって貴重なものとなろうかのう」

仁左は一応のうなずきを示し、

「して、青山さま。それがしをきょうお呼びになったのは、なにゆえでございましょう。こたびの金塊抜き取りは、それこそわれらにとっては支配違いと愚考《ぐこう》いたしますが」

「そこよ」

青山は上体を前にかたむけ、声を低めた。

「相川番所より警護についた四人のう、組頭《くみがしら》は親野岩之助《しんのいわのすけ》だったのだ」

「えええ！」

仁左はのけぞるばかりに驚いた。

青山は言う。

「俺もなあ、それを知らされたときは仰天《ぎょうてん》した。だからであろうよ、支配違いの俺が評定所《ひょうじょうしょ》に呼ばれたのはのう」

仁左はまだ驚きの表情である。

親野岩之助はかつて仁左の僚輩《りょうはい》で、青山欽之庄配下の隠れ徒目付だった。仁左とは気が合い、役務で組むことがよくあり、生死を共にしかけたこともあった。岩之助が単独の役務で佐渡に出向《でむ》いたとき長逗留《ながとうりゅう》となり、相川番所の役人の娘に危ういところを救われることがあった。それがきっかけで二人は情交《わけ》ありの仲となり、岩之助は相川番所への出仕《しゅっし》を願い出た。それを聞いた仁左は、

（岩《いわ》は、そういう情の深いやつよ）

と、敢《あ》えて江戸への帰還をうながしはしなかった。

相川番所にすれば、江戸で徒目付の経験ある者が佐渡勤番を申し出るなど願ってもないことであり、青山も岩之助の心情を汲《く》み、推挙の書状を相川番所に送付した。五年まえのことだ。現在《いま》ではすでに三歳になる娘がいて、今年のはじめにまた娘が生まれたとの文《ふみ》が、相川から金座への公文書と一緒に届いたばかりである。そこには、近々江戸へ出張《でば》ることは一切記《しる》されていなかった。そこからも、こたびの金塊輸送が極秘であったことがうかがわれる。

「青山さまっ」

仁左は哀願するように、顔を青山に近づけた。

青山は言った。

「わかっておる。このままでは、岩之助はただではすむまい。金塊を入れた木箱の鍵は、相川番所と金座にしかない。組頭といえど道中に延べ棒を拝むこともできんのだ」

「存じております」

「救う道はただ一つ。慮外者《りよがいもの》を挙げて事の真相を明らかにし、親野岩之助が何者かに嵌《は》められたか、すくなくとも警護に瑕疵《かし》があっても、軽微《けいび》であることを明らかにする以外にない」

仁左こと大東仁左衛門は苦渋の色を表情に刷《は》き、問いを入れた。

「もし、叶《かな》わぬときは、いかが相成《あいな》りましょうや」

「鉛にすり替えられたのは一本八十匁（三百グラム）の延べ棒が三本、二百四十匁（九百グラム）だ。それくらいなら金座ですぐ補塡《ほてん》し、おもて向きは何事もなかったようにとり繕《つくろ》うことはできよう。だが真相が判らぬにおいては、すべてを岩之助が担《にな》わされ、切腹を賜《たま》わることに相成ろうよ」

「切腹でございますか」

「しかも、日が迫っておる」

「と申されますと？」

「今月十六日に上様（家斉将軍《いえなり》）の竜之口《たつのくち》御門外への評定所御成《おなり》がある。そのとき老中どのと若年寄どのは金塊輸送の恙無《つつがな》きを報告し、上様より労《ねぎら》いのお言葉を賜《たま》わることになろう。それまでに慮外者を挙げておかねば、さきほど申したように、岩之助の切腹をもって……」

「幕引きに……、それが今月十六日でございますか。金塊の金座到着に抜き取りの発覚がきのうで卯月（四月）朔日《ついたち》、ならば青山さま、きょうを入れてあと十五日しかありませぬが」

仁左は青山を凝視《ぎょうし》した。

「それゆえ、そなたを呼んだのだ。頼むぞ」

言われれば、拝命する以外にない。青山はかつての配下、親野岩之助の生命《いのち》を仁左に託《たく》したのだ。

「御庭番や八州廻り、それに火盗改にも後《おく》れを取ってはならんぞ」

「はーっ」

仁左こと大東仁左衛門は平伏した。こたびの金塊輸送が柳営《りゅうえい》（幕府）の極秘のものであれば、たとえ慮外者を挙げたとしても、どこでどのように真相が曲げられるか知れたものではない。だから仁左がすべてにさきんじ、真相にたどりつかねばならないのだ。

「柳営内で俺がつかんだことは、洩《も》らさずそなたに伝える」

「ははっ」

仁左は両の拳《こぶし》を畳《たたみ》についた。心ノ臓が早鐘《はやがね》を打っている。御庭番たちは雲をつかむような思いで、いま中山道を走っていよう。仁左にとっては、それ以上に雲をつかむような探索であり、しかもかつての僚輩が絶壁に立たされているのだ。


帰りも、百人番所の長い建物の前を通った。下り坂になっている。歩を踏みながらも、番所の中に多数の人の気配を感じる。伊賀者や甲賀者たちだ。いまその百人番所の中に組まれた座敷牢に、元僚輩の親野岩之助がいる。目付の青山欽之庄は役務によって会うことはできたが、隠れ徒目付の仁左が願っても、幽閉中の者に会えないことは承知している。

歩を踏むその足がふと止まった。

瞬時、脳裡にめぐるものがあったのだ。

七年ばかりまえになろうか。仁左こと大東仁左衛門は青山欽之庄の下知で、親野岩之助と千石取りの旗本の公金横領を探索していた。最後の詰めとしてその屋敷に二人で潜入した。夜だった。手証《てしょう》をつかみ裏庭の塀を乗り越えようとしたところを見つかり、仁左は足に矢を受け動けなくなった。捕まればそこは千石取りの屋敷であり、仁左は闇のなかに抹殺《まっさつ》され、七百石の青山欽之庄は手痛い報復を受けるところとなろう。

「——岩《いわ》っ、おまえは生き延び、この手証を青山さまにっ」

「——なにを言うか仁左《にざ》っ。生きるのだっ」

岩之助は仁左衛門を背負い、塀は飛び越えられず、危険を冒《おか》し裏門を蹴破《けやぶ》り、追いすがった一人を斬り斃《たお》し、夜陰に逃れた。そのとき仁左衛門は背にも矢を受けた。岩之助のひと晩かけた必死の手当てでなんとか一命を拾い、数日後、仁左衛門は目付部屋に伺候《しこう》することができた。千石取りの旗本は公金横領が露見し、切腹にお家断絶となった。

後日、すっかりもとの体に戻り、羅宇屋の道具箱も背負えるようになったとき、仁左衛門は岩之助に言ったものだった。

「——おまえは馬鹿だ。あのとき、俺を助ければ九分九厘、おまえも死ぬところだったのだぞ」

「――ふふふ、そうかい」

と、親野岩之助は笑うばかりだった。

走馬灯《そうまとう》はほんの瞬時であり、百人番所の前の下り坂に、仁左こと大東仁左衛門の足はふたたび動いた。

（待ってろ、岩。きっと救い出してやるぞ）

佐渡では女の子がまた一人、生まれたばかりなのだ。

三

（どこからどう手をつければいい）

気は逸《はや》る。中山道に走ろうかとも思った。雲をつかむような探索は、巷間《こうかん》のうわさが解決の糸口になることがしばしばある。だが、こたびの巷間は江戸府内の金座から佐渡の相川まで、武蔵《むさし》、上野《こうずけ》、信濃《しなの》、越後《えちご》にまたがっている。幾人かの同輩の手を借りたとしても、とても御庭番や八州廻り、火盗改に太刀打《たちう》ちできるものではない。

いまかれらの手薄となっているところといえば、江戸府内である。それも武家地とは限らない。場末《ばすえ》の町場に、金塊抜き取りに係《かか》り合《あ》った者が潜《ひそ》んでいるかもしれない。

背の道具箱に羅宇竹の音を立てながら、金座のある常盤橋御門外の付近から日本橋に近い町場をながした。札ノ辻に戻れば、おクマやおトラがお沙皿の茶店で語るその日のうわさ話にも耳をかたむけた。

柳営が事件を伏せているのでは、巷間でも数日、得るものはなかった。手掛かりもなく日数ばかりが過ぎた。

そのようなときにおクマとおトラの口から出たのが、日本橋界隈に金塊に関わるかわら版が出た話である。当然、翌日は日本橋に羅宇竹の音を立てた。おクマとおトラの話に間違いはなかった。確かにかわら版売りは、板橋の鶴屋という旅籠のかまどから金塊が出たと謳《うた》い、奉行所の同心に追い立てられ行方をくらましていた。

さっそく二本差に羽織袴の仁左こと大東仁左衛門は、江戸城内の百人番所の前の坂道を上り、本丸御殿の正面玄関に向かった。

「遅いぞ。こちらからつなぎを出そうと思っていたところだ」

目付部屋に上がるなり、青山欽之庄は言った。

憤慨《ふんがい》していた。

「町奉行所の同心は、なにゆえ取り逃がした。かわら版屋は幾人か知らないが、すべてに逃げられるとは。慎重に策を練り、たとえ一人でも捕らえられなかったのか」

同感だった。大きな糸口になるものを、むざむざと逃がしてしまったのだ。

「八州廻りと御庭番、火盗改は上州に出払っておる。いま町奉行所が逃げたかわら版屋を追っている。一度姿を現わしたのだから、おっつけ見つけ出そう。奉行所には俺が話をつける。判明しだい、おぬしはかわら版屋を洗うのだ」

「はーっ」

具体的な対象が見えて来た。

しかし、一人では如何《いかん》ともしがたい。江戸府内なら町奉行所の機動力には敵《かな》わない。青山の言うように、待つしかない。元僚輩の生命を救うのに、焦《あせ》りを覚えるばかりである。すでに日めくりの暦《こよみ》は七日を告げていた。家斉将軍の評定所御成は十六日、あと九日……。

札ノ辻で、しかも相州屋の裏庭で捕物があったのは、その翌日の夕刻近くだったのだ。

そのときの状況を聞けば、奉行所の役人もおとといの日本橋での失態に懲《こ》り、市内見まわりでかわら版屋を見つけると、大八車を用意するなど巧《たく》みに尾行し、札ノ辻の茶店で縁台の客にかわら版を売ろうとしたところを押さえたようだ。

それを聞かされたときの仁左の所作に、忠吾郎が〝ふむ〟とうなずき、お仙が〝ご存じだったのですか〟と訊いたのは、仁左にそうした経緯《いきさつ》があったからだった。仁左が狂喜することなく余裕を見せることができたのは、かわら版屋は札ノ辻で三人と判明し、しかも北町奉行所の手に落ちたからだった。

（お奉行は榊原忠之《さかきばらただゆき》さまだ。青山さまより早く、なんとかなりそうだぞ）

思わず仁左は、忠吾郎の達磨顔に視線を投げたものだった。このときほど仁左は、自分が忠吾郎の相州屋の寄子であるのをありがたく思ったことはなかった。

翌日、仁左はわざわざ忠吾郎に、

「きょうは近場をながしていまさあ。なにかありやしたら声をかけてくだせえ。まあ、午《ひる》には一度帰《けえ》って来やすが」

ともかく、待つのだ。

忠吾郎は、達磨顔のほおをゆるめて言った。

「ほう。おめえもやはり、きのうの捕物が気になるかい」

「へ、へえ。まあ」

仁左はいくらか戸惑いながら返し、札ノ辻からすぐ枝道に入り、相州屋もお沙世の茶店も見えなくなってから、

（忠吾郎旦那、〝おめえも〟などと言って、ひょっとしたら俺の素性《すじょう》に気づいていなさるのでは）

ドキリと心ノ臓を打つものがあった。

思ったとおりだった。

近場の町々に羅宇竹の音を立て、昼めし時分に札ノ辻に戻って来ると、お沙世が盆を片手に往還へ飛び出し、

「よかったあ。午、戻って来なかったら找《さが》しに行ってくれって、忠吾郎旦那から言われてたんですよう。この忙しいときに」

ホッとしたような声で言う。昼めし時分、縁台でお茶だけ頼み、弁当につかる荷運び人足や駕籠《かご》舁きがけっこういるのだ。見ると往還の縁台だけでなく、屋内の縁台にもそれらしい客が座り、おもてには大八車や町駕籠がいくつか停まっていた。

「なにかあったのかい」

「ええ。さっき遊び人の染谷《そめや》さんが来てたから、きっとそのことだと思う」

言うとお沙世は急ぐように茶店の中に駈け戻り、

「ほう」

と、仁左も速足になり、

「おっとっと」

ぶつかりそうになった荷馬を巧みにかわし、寄子宿への路地に羅宇竹の音を響かせた。

お沙世の言った〝遊び人の染谷〟は、北町奉行所の隠密廻り同心で、奉行の榊原忠之の右腕である。隠密廻りであれば、常に職人や行商人を扮《こしら》え、町場を微行《びこう》している。とくに染谷は遊び人が似合っていた。染谷が遊び人姿を好むのは、さりげなく脇差《わきざし》を帯びることができるからだった。

その染谷が相州屋に来た。用件はわかる。奉行の榊原忠之の遣《つか》いであり、忠吾郎に〝火急《かきゅう》の用あり〟との言付《ことづ》けを持って来たはずだ。そのとおりだった。忠吾郎は戻って来た仁左に言ったものだった。

「ふふふ、会いたいのはおめえのほうだろう」

「え、ええ。まあ」

と、仁左はまた戸惑いを見せた。

いつもの時刻、昼八ツ（およそ午後二時）金杉橋《かなすぎばし》の浜久《はまきゆう》である。その小料理屋はお沙世の実家であり、兄の久吉《ひさきち》が亭主で兄嫁のお甲《こう》が女将《おかみ》になって切り盛りしている。札ノ辻の茶店は祖父母の久蔵《ひさぞう》とおウメが、浜久を久吉夫婦に継《つ》がせてから老後の道楽で開いたものであり、そこを孫娘のお沙世が手伝っていることになる。お沙世は出戻り娘ながら、まだ二十代なかばと若いのだ。

忠吾郎はさらに言った。

「向こうさんは、染谷が一緒ゆえ、とおめえも同行せよとご所望《しょもう》だ」

また仁左はドキリとした。

（北町奉行も、俺の素性を知っている？）

転瞬、思ったのだ。思えばこれまでにも、思いあたる節がかずかずある。

ともかく仁左は、羅宇屋の道具箱を背に、忠吾郎と肩をならべ金杉橋に向かった。忠吾郎は袷《あわせ》の着ながしに厚手の半纏《はんてん》をつけ、鉄製の長煙管を帯に差し、いずれ任侠《にんきょうしん》心のちょいと必要な商家のあるじのように見える。実際にそうなのだ。

札ノ辻から東海道を北へ田町を過ぎ金杉通りまで、ゆっくり歩いても半刻《はんとき》（およそ一時間）とかからない。貫禄のある商家のあるじに、精悍《せいかん》そうな羅宇屋が随《したが》っている姿は、この短い道中には見なれた光景である。

忠吾郎と仁左が浜久に着いたとき、榊原忠之たちはまだだった。

女将のお甲が玄関に迎え、

「染谷さまからうかがっております。さ、いつもの部屋へ」

と、案内する。

玄関の板敷きに上がり、廊下の一番奥の部屋だ。手前の部屋は空き部屋にしている。盗み聞きをされないための用心である。忠吾郎と忠之が来るとき、お甲は言われなくてもこの部屋の配置を用意する。相州屋か北町奉行の名をもってすれば、この配置に部屋をとるなど造作《ぞうさ》もないが、さりげなくとるには、やはり昼の書き入れ時が終わったあとでなければならない。

忠吾郎と仁左が部屋に腰を据《す》えてすぐだった。着ながしに大小を落とし差しに深編笠《ふかあみがさ》をかぶった武士が、脇差を一本帯びた遊び人を随え、浜久の玄関に入った。榊原忠之と染谷結之助《ゆいのすけ》である。客が北町奉行と配下の隠密廻り同心であっても、お甲は特別に平伏したりはしない。一般の客の待遇である。忠之からも忠吾郎からも、

「──そうしてくれ」

と、言われているのだ。

忠之はいつも、暖簾をくぐり玄関の中に入ってから深編笠をとる。帰りも深編笠をかぶってから往来に出る。お忍びであり、周囲に顔を見られないようにしているのだ。着ながしに深編笠で顔を隠した忠之は、裕福な浪人が遊び人の配下を連れているように見える。

忠之と染谷が部屋に入るなり忠吾郎はあぐら居のまま、

「兄者《あにじゃ》、困るぜ。相州屋の庭《うち》で捕物を演じてくれたんじゃ」

怒っているのではない。達磨顔をほころばせている。その横で仁左はきわめて満足気な表情をつくっていた。

四

相州屋忠吾郎は、本名を榊原忠次《ただつぐ》といった。武家の次男だった忠次は二十歳のとき、形式ずくめの武家社会を嫌い、屋敷を出奔《しゅっぽん》し任侠の道に入り、一時は小田原《おだわら》で一家を張ったこともある。諸国に股旅《またたび》をつづけた経験から、土地土地で多

くの喰いつめ者を見て来た。そこから、

「——なんとか救ってやることはできねえものか」

と、江戸に舞い戻り、東海道から喰いつめ者が江戸に入るときかならず通る札ノ辻に開いたのが、人宿相州屋なのだ。江戸に腰を据えてみると、実兄の忠之が北町奉行に収まっている。仰天したが、忠之も実弟の忠次が忠吾郎と名を変え、札ノ辻に人宿を開いたことに驚いたものである。

その人宿に隠れ徒目付の大東仁左衛門が、羅宇屋の仁左となって住みついたのだ。忠吾郎の背景は知らなかった。寄子になってから、北町奉行の実弟であることに気づいたのだ。もちろんそれを口に出すことはなかった。上役の青山欽之庄にも伏せていた。

その一方、忠之も染谷も忠吾郎も、これまでの影走りから仁左の素性には気づいている。なによりも忠之が江戸城本丸御殿の正面玄関前で、目付部屋に向かう武士姿の仁左を見かけているのだ。そのことに仁左は気づいていないが、

(旦那や染どんにゃ、知られているのかもしれねえ)

認識はしている。

だが、自分の口から明かすことはできない。隠れ徒目付がたとえ周囲に勘づか

れても、それをみずから明かしたのでは〝隠れ〟ではなくなる。口には出せない仁左が、忠吾郎やお沙世に、

（すまねえ）

　思わぬ日はなかった。

　忠之は忠次こと忠吾郎の〝困るぜ〟との言葉を受け、

「そのことよ。儂《わし》もすぐに定町廻りから報告を受け、驚いたぞ。こともあろうに田町の札ノ辻で、しかもおまえの相州屋の裏庭だったとはのう。ともかく定町廻りは日本橋での失策《しくじり》に懲り、札ノ辻ではようやってくれた。おまえも自分の庭で捕物が演じられたからには、その後の経過を聞かずば承知すまい」

　言いながら腰をあぐらに据え、染谷もつづいた。

「むろん」

　と、迎える忠吾郎たちもあぐら居のままである。ひとくせありそうな商家のあるじと羅宇屋、裕福そうな浪人と遊び人の対座では、端座よりもあぐらのほうが話しやすい。四人がそれぞれに向かい合うと染谷が、

「かわら版売りを捕らえた定町廻りは、そこが町家の裏庭だったことは認識しておりやすが、そこのご亭主とお奉行のあいだ柄も、そこに仁左どんみてえなお人

が住まっていることも、まったく知っちゃおりやせん。ともかく、かわら版屋を三人ともよう捕まえてくれやした」

〝仁左どんみてえな〟のに、仁左はまた内心ひやりとした。仁左の素性を知ったうえでの言いようではないか。

それに、染谷が町場の伝法《でんぽう》な口調で話すのは、遊び人という身なりに合わせているのだ。そのほうが話すほうも聞くほうも自然な気分になれる。染谷はそのまつづけた。

「昨夜、茅場町《かやばちょう》の大番屋でかなりきつく詮議しやして、へえ、あっしも加わりやした。やつら嘉平《かへい》という三十男をあたまに、二十代なかばの逸平《いっぺい》に新平《しんぺい》という、日ごろ深川《ふかがわ》に巣喰《すく》って平家《へいけ》三人衆などと名乗って与太《よた》っているだけの、いずれ大《てえ》したこともねえ野郎どもでやした。五日ほどめえに三人衆が名物の鮎《あゆ》を喰いに板橋に行ったと言うんでさあ」

石神井川《しゃくじいがわ》で獲《と》れる鮎の塩焼きは、江戸府内にも知られた板橋の名物で、いまが旬《しゅん》の始まりである。

「そのとき入《へえ》った料理屋のすぐ近くの鶴屋という旅籠のかまどから、小さな金塊が出たと女中がそれをかざし、おもてへ走り出て大声を上げ、宿場役人がすっ飛んで来てとりあえず金の延べ棒を預かり、大騒ぎにならぬようその場を収めたっていうんでさあ」

おそらく女中は動顛《どうてん》し、前後を失ったのだろう。

「それを三人衆は目の当たりにし、日帰りで深川にとって返し、さっそくかわら版の準備にとりかかったそうで」

かわら版屋などというのは商舗《みせ》を構えた商《あきな》いではなく、暇《ひま》な数人が集まり適当に話をこしらえて文面を考え、それを彫《ほ》り師に彫らせて木版にし、摺《す》り師に持ちこんで百枚、二百枚と摺らせ、それを手に数名で三味線《しゃみせん》をかき鳴らし、太鼓を打ち〝奇妙頂礼ちょいちょい〟と声を張り上げ、さわりの部分だけを読んで売りさばくものである。

だから、かわら版には与太記事が多い。かまどから少量といえど金塊が出たなど、天のご利益《りやく》か御仏《みほとけ》のご加護《かご》か、かっこうの材料である。他人《ひと》にさきんじられまいとその日のうちにとりかかったなど、この三人衆もけっこう目端《めはし》が利《き》くようだ。

「それについてじゃが」

と、忠之があとを引き取った。仁左は固唾《かたず》を呑《の》む思いで忠之を見つめた。自分の役務と、もろに重なっているのだ。

忠吾郎と似ている面相で忠之は語った。

「実は、かわら版の出る数日まえに、柳営（幕府）より江戸市中に金塊にまつわる奇妙なうわさが出ておらぬか、急に金遣いが荒くなった者はおらぬか、隠密に探索せよとの下知があったのじゃ。町奉行所だけじゃのうて、火盗改や八州廻りにも同様の下知が出ており、いずれも構えて極秘にということらしい。理由《わけ》は知らん。こたびのかわら版の一件は、それの手掛かりになりそうじゃでなあ。平家三人衆はただのお調子者か、背景になにがあるのか、横槍《よこやり》の入らぬうちに詮議しようと思うて、きょう朝のうちに小伝馬町《こでんまちょう》の牢屋敷に送ったのじゃ」

仁左は内心ホッとするものを得た。平家三人衆などというより与太三人組が、小伝馬町の牢屋敷に留め置かれているということは、八州廻りや火盗改はもとより御庭番であっても、訊問《じんもん》するには北町奉行所をとおし、小伝馬町まで出向かねばならなくなったことを意味し、仁左はそれらに対して一歩さきんじたことになる。現にいまも、その報告を受けているのだ。

仁左は逸《はや》る気持ちを抑《おさ》え、ひと膝《ひざ》まえにすり出て言った。

「呉服橋《ごふくばし》の大旦那」

と、忠之がお忍びであるため、呉服橋御門内にある北町奉行所のあるじをそう呼んでいる。

「忠吾郎旦那とあっしをきょうここへお呼びなすったのは、きのうの捕物が札ノ辻だったからというだけじゃござんせんでしょう。なにゆえか、お聞かせくだせえ」

「そう、それよ。さきほども申したように、柳営より金塊に関わるうわさを集めよと言われただけで、それがなにゆえかは聞かされておらぬ。なれど下知には従わねばならぬ。定町廻りはようやってくれたが、まだ足りぬ。それで相州屋の手が借りとうてな」

忠之は視線を仁左から忠吾郎に移し、

「相州屋には仁左もおれば気の利いた武家娘もおり、向かいの茶店からもいろいろな町のうわさを集められようからなあ。染谷と玄八《げんぱち》が今宵《こよい》からまた、相州屋の寄子宿にひと部屋借りるぞ。よいな」

よいも悪いもない。これまでも相州屋や仁左が係《かか》り合《あ》った探索があるたびに、染谷と玄八が相州屋の寄子となり、仁左と阿吽《あうん》の呼吸で白刃《しらは》の下を幾度もくぐっているのだ。

忠之の言った〝気の利いた武家娘〟とは、むろんお仙のことである。お仙は以前、相州屋と染谷たちの助太刀で困難な敵《かたき》討《う》ちを果たし、帰るべき家もなかったことから、そのまま相州屋の寄子として住みついた変わり種である。その経緯を忠之は染谷から詳しく聞いている。

玄八は老け役が似合い、いつも老いた屋台のそば屋に扮《ふん》している、染谷配下の有能な岡っ引である。

また、こたびの役務の件で忠之は、市井《しせい》での探索は定町廻りに任せ、染谷と玄八は仁左に張りつかせているほうが、町方《まちかた》では得られないものが得られると判断したのだろう。仁左が隠れ徒目付と知った上での判断だ。仁左にとっても、染谷と玄八が一緒なら心強い。

商いとしても、茶店の横にそば屋の屋台を出せば相乗効果があり、傍目《はため》にも自然に見える。

「そういうわけで、玄八はもう札ノ辻へ出向き、茶店の横で屋台に湯気を立てているころでさあ」

忠吾郎の返事を待つまでもなく、染谷が言ったときである。

廊下に慌てたような足音が立ち、

「ようございましょうか」

ふすま越しに女将のお甲の声が聞こえた。

「いつもご一緒においでのお方が、火急の用とかで……」

言い終わらぬうちにふすまが開けられ、両膝をついたお甲の横に、老けづくりの玄八が立っていた。年寄りの真似をしているのではなく、実際に息せき切っていた。

「どうした。さっそくなにかあったのか」

染谷が言い、部屋に入って来た玄八はうしろ手でふすまを閉めるなり、

「いずれかの武家屋敷の中間《ちゅうげん》さんが、仁左どんにこれを」

結《むす》び文《ぶみ》にした紙片を仁左に手渡し、中腰のまま、

「あっしがお沙世さんの茶店の横に屋台を据えるとすぐでさあ。相州屋の仁左さんというお人はどこへ行ったか知らねえか、と急いでいるような口調で訊《たず》ねる武家の中間がおりやして……」

中間は相州屋の者に訊いたが、向かいの茶店で訊けばわかるだろうと言われ、お沙世に訊いたようだ。屋台を出したばかりの玄八はそれを最初から見ていた。

お沙世は気を利かせた。仁左の行き場所も、誰と一緒で誰と会っているかも知っ

ている。だが、初対面の者にその浜久を教えるわけにもいかない。

「――お急ぎなら、そのそば屋さんに走ってもらいましょうか。仁左さんもよく知っている人ですから」

言ったらしい。

中間は仕方なさそうにお沙世に紙と筆を借り、急いで一筆したためたという。

「それでその中間さん、お沙世さんの茶店で返事を待つと言いやして……」

「いまもいるのか」

仁左は問い、結び文を開いた。ただ一行だった。

――火急の用之有《これあり》 火除地《ひよけち》横の役宅に同道されたし
中間も気を利かせ、見知らぬそば屋に託すのだから途中で見られることも想定して記《しる》したのだろう。

仁左には判る。たちまち緊張した表情になった。

江戸城外濠《そとぼり》の市ケ谷《いちがや》御門外は濠《ほり》に沿った往還が広小路のように広くなり、一帯は市ケ谷八幡宮の門前町となり繁華な町場を形成している。町名も八幡町《はちまんちょう》といい、そこからほぼ南方向になる四ツ谷《よつや》御門のほうへ向かうと火除地があり、過ぎれば武家地となって白壁が四ツ谷御門外の町場までつづいている。その武家地の火除地に近いところに、目付の青山欽之庄の屋敷がある。

だから仁左にとって〝火除地横の役宅〟といえば青山屋敷になる。遣いは青山屋敷の中間であろう。同輩ではなく、中間がつなぎとして来たのは初めてだ。しかも本丸御殿の目付部屋ではなく屋敷へ直《じか》に、かつ〝火急の用〟で遣いの中間と一緒にと青山は言っている。

一身上に、なにやら緊急の事態が発生したに違いない。だとすれば、これから札ノ辻に戻り中間と一緒に駈けつけたのでは遠まわりになる。仁左は文《ふみ》をその場に披露して言った。

「羅宇竹のお得意先のお武家でさあ。ここから直接参《めえ》りやす。玄八どんは札ノ辻に戻り、中間さんにそう告げてくんねえ。それに染どん、さっそくですまねえ。玄八どんと一緒に合力願《ごうりきねげ》えやすぜ」

いかなる事態かわからない。場合によっては染谷と玄八の手を借りることになるかもしれない。市ケ谷に出張《でば》って待機してくれるよう頼み、その待ち合わせ場所も告げ、忠吾郎と忠之に、

「身勝手をすまねえ。なにしろあっしにゃ大事《でえじ》な得意先なもんで」

言うと腰を上げ部屋を出た。

急ぐように羅宇竹の音が金杉橋から遠ざかった。

部屋の中で忠吾郎と忠之は顔を見合わせ、うなずきを交わした。榊原忠之は北町奉行として目付の青山欽之庄と面識もあれば、その屋敷の場所も知っているのだ。

五

陽は西の空になお高い。

仁左は羅宇屋の道具箱を背に市ケ谷御門に急いだ。背に羅宇竹の音が響く。羅宇屋の扮《こしら》えは仁左にとって、役務の遂行に欠かせない道具の一つなのだ。

羅宇竹の音が四ツ谷御門外の町場を過ぎ、市ケ谷御門外の火除地に近い武家地に聞かれたのは、陽が西の端《は》にかたむきかけた時分だった。外濠に沿った往還に武家屋敷の重厚な正面門がならんでいる。江戸城の濠に沿った武家地の往還にしては人通りが多いのは、南北に四ツ谷と市ケ谷八幡町の繁華な町場をひかえているからだろう。

仁左は屋敷の裏門の潜《くぐ》り戸を叩《たた》いた。

すぐに母屋の一室に招じ入れられた。屋敷内になにやら緊張の張りつめているのが感じられる。

札ノ辻へ遣いに出た中間はまだ戻って来ていなかった。やはり金杉橋から直行したほうが、札ノ辻を経て中間と同道するより早く着いたようだ。染谷と玄八はいま市ケ谷に向かっていることだろう。

待ちかねたように青山欽之庄が顔を見せたのは、仁左が羅宇屋の道具箱を勝手口に下ろし、部屋に入ったのとほとんど同時だった。

「待ってたぞ。そのまま、そのまま」

と、畳に端座しようとする仁左を制し、立ったまま一片の紙片を示した。

「読め」

言われ、仁左も立ったまま受取って目をとおし、

「これは！」

仰天した。脅《おど》し文《ぶみ》ではないか。

——金塊抜き取りの件よりお目付衆は手を引かれよ。さもなくば惣太郎君《そうたろうぎみ》のお命はなきものと思われよ
きょう午過《ひるす》ぎ、奥方の登与《とよ》が九歳になる娘の舞《まい》と六歳の長子《ちょうし》惣太郎を連れ、

ほんの軽い散歩のつもりで市ケ谷八幡宮へ参詣《さんけい》に出かけた。もちろん挟箱持《はさみばこもち》の中間一人と腰元一人が随った。屋敷を出て火除地を過ぎ、繁華な八幡町の奥にある石段を登れば八幡宮である。境内《けいだい》には屋台だけでなく芝居小屋や見世物小屋も出ており、参詣もちょっとした行楽気分になれる。

本殿への参拝をすませ、長い石段を下り奥方の登与がふり返ると、舞はついて来ていたが、惣太郎がいない。驚いて中間が石段を登り境内をくまなく探し、腰元も八幡町の屋台などをつぎつぎとのぞいたが、惣太郎の姿はどこにもない。武家の子で稚児髷《ちごまげ》に袴《はかま》を着け、短刀を腰に帯びているので目立つ。石段の上にも下にも目撃者は多かった。いずれも中間がつき添っていたというから、迷子になるまえだったのだろう。六歳にもなれば、一人でどこへでも行く。屋敷はすぐ近くだ。さきに帰ったのかと、とりあえず一行は屋敷に戻った。惣太郎は戻っていなかった。

奥方の登与は騒ぎ立てぬようにと奉公人たちを抑え、若党《わかとう》に中間、腰元たちを町場に出し、さりげなく屋敷から八幡宮までの道順に沿い聞き込ませた。やはり目撃談は中間に付き添われた武家の子供のみで、惣太郎一人を見かけた者はいなかった。最初に随っていた中間と腰元は顔面蒼白となり、奥方も心配を募らせて

いるとき、

「裏門にそれが小柄《こづか》で打ちつけられていたのだ。用人が急いでお城まで報《しら》せに来たのですぐに戻ったが、惣太郎はまだ見つかっておらぬ。それでともかくおぬしを呼んだのだ。まだこの件、おもてにはしておらぬ」

「それがようございましょう。拐《かどわ》かしなら、惣太郎さまのお命に関わることでございますから」

二人は畳の部屋で立ったまま話している。座ってなどいられない。青山は裃《かみしも》こそはずしているが、まだ下城したときの袴姿のままであり、仁左も道具箱を下ろしても頭には吉原かぶりの手拭を載せたままである。

仁左は言った。

「なれどこの文面、おかしゅうございます」

「いかように」

「差出人の署名がないのはともかく、手を引けというだけで、いかようなかたちでそれを示せと言っているのか不明です」

「ふむ」

いま、事件に係《かか》り合《あ》っている者で、冷静な判断ができるのは仁左のみである。

青山は蒼《あお》ざめた表情に上ずった口調で言う。

「ならば、惣太郎はどうなる」

「そこです。いま最も肝要なのは、文面からすれば、慮外者には惣太郎さまは大事な人質ということです。そこに危害を加えることはありますまい。いまはともかく騒がぬことです。探索に出ておいでのお人らをすべて引き揚げ、慮外者からの次のつなぎを待つことです。刺激しては、それこそ惣太郎さまの身が危うくなりましょう」

「相分《あいわ》かった。さようにいたそう。おぬしになにか策はあるか」

「現場を検分いたします。羅宇屋が聞き込みを入れても屋敷の者とは思われず、対手《あいて》を刺激することもありますまい。いずれかに慮外者の目が光っておりましょう。それを探り出し、その正体を突きとめましょう。そこに惣太郎さま救出の道も見いだせようかと思います。向後《こうご》のつなぎは、随時それがしのほうから取りますゆえ」

「待っておるぞ。事の内容から、このことは城中にも他の徒目付たちにも話しておらん。期待しておるぞ、大東仁左衛門」

「はっ」

仁左は来たときとおなじ裏門から出た。道具箱を背負った、羅宇屋のいで立ちである。見張っている目はないようだ。

（何者かに拉致《らち》されようとしたならなおさら、武家の子供が一人で歩いていても目立つはずだが、いずれの目撃談もすべて中間につき添われている、きわめて当たりまえの場面ばかりとは、かえって面妖《めんよう》な……）

思いながら火除地の横を過ぎ、待ち合わせの場に向かった。

染谷と玄八に合力を頼んでいたことに、

（天佑《てんゆう》か）

思えて来る。こうした探索には徒目付より、町方のほうが長《た》けている。

脅し文に〝金塊抜き取りの件〟とあったからには、六歳の惣太郎を救い出し背景を明らかにすれば、岩之助を切腹から救う道も開けて来るはずだ。

歩は繁華な八幡町に入った。濠側《ほりがわ》には葦簀《よしず》張りの茶店が幾軒もならび、茶汲み女たちが呼び込みの黄色い声をしきりに張り上げている。往還の向かい側には常店《じょうみせ》のそば屋、筆屋、神具・仏具屋などが色とりどりの暖簾をはためかせ、一歩脇道に入れば、一膳飯屋《いちぜんめしや》に煮売《にう》り酒屋、木賃宿《きちんやど》や旅籠などが暖簾や軒提灯《のきぢょうちん》を掲げている。

待ち合わせ場所は、市ケ谷御門に一番近い濠側の茶店である。来ていた。茶店の縁台に脇差を帯びた遊び人風の染谷と、老けづくりの玄八が腰を下ろし、人待ちげに広い往来のながれに視線を向けている。

羅宇屋の道具箱が仁左の役務にとって大事な道具であるように、そば屋の屋台は玄八にとって欠かせない扮《こしら》えなのだ。馴染《なじ》みでない土地《ところ》で屋台を据えれば、そこの者と諍《いさか》いの起きることがある。そうしたときは、染谷のふところに収めた十手がモノを言う。だがきょうは、田町の札ノ辻から市ケ谷まで急いで来るには、さすがにお荷物だったようだ。屋台は担《かつ》いでいない。

(ほう、来ていてくれたか)

茶汲み女の声をふり切り、仁左は歩を速めた。染谷はいかにもちょいとうるさそうな遊び人の風情《ふぜい》だが、屋台を担いでいない玄八は、商家の下男か下足番の爺さんに見える。なかなかの役者ぶりで、イザというときには白刃《しらは》の下でも機敏にかいくぐる。

「あ、旦那。羅宇竹の音。ほれ、あそこ」

「ほう、来たか」

と、染谷と玄八も、羅宇屋の仁左が近寄って来るのに気づいたようだ。

その少しまえである。いま染谷が腰を据えているすぐとなりの縁台に、みょうな客がいた。ひと目で武家の若君とわかる五、六歳の子と、それにつき随う中間二人である。作法どおり紺看板《こんかんばん》に梵天帯《ぼんてんおび》の二人は縁台に座らず、かしずくように地に片膝をついていた。染谷と玄八は普段の役務柄、茶店には奇異に思える組合せに、それとなく注意をそそぎ、武家の若君らしい子は小さな背中と稚児髷《ちごまげ》だけで顔は見えなかったが、中間二人は正面から確認できた。一人は小柄ですばしっこそうな印象を受け、もう一人は中肉中背で体形に特徴はないが、右眉《まゆ》の上に大きなほくろのあるのが目についた。

話が聞こえた。若君の、いかにも五、六歳の可愛らしい声だ。

「ほんとうに母上も姉上も、承知しているのか。わたしが町場の旅籠に入ったことを」

「むろんでございますとも。お父上のお仕事をお考えくだされ。いかなる危難がいつ迫って来るやもしれませぬ。それも、きょうあすにも……」

「さようでございますよ。ですから若君だけでも危険な目に遭《あ》わせてはならぬ、とお父上から私どもが仰《おお》せつかり、若君をお屋敷とは別のところにいざないもうし上げたのでございますよ」

小柄な中間が言ったのへ、ほくろの中間がつないだ。

「ならば、姉上は?」

「はい。私どもが若君に声をおかけし、脇へいざないましたあと、腰元がそっと声をおかけし、女ゆえ近くのお屋敷に入《はい》られておいでです」

「お屋敷にお帰りなさったのは、奥方さまと挟箱持の中間のみでございます。さきほども申しましたように、悪者に気づかれてはならぬゆえ、怪《あや》しまれぬようそっとやらねばならなかったのですよ」

「ふむ」

「さあ、これでお分かりでございましょう。若君とお嬢さまがそっといなくなられても、お母上が驚かれることなく、町場にもなんらの騒ぎも起こっていないことを」

「うむ」

「さあ、悪者の目についてはいけませぬ。早《はよ》う戻りましょう」

「あとはお屋敷からのご指示に従いまするゆえ」

腰を上げた。

お家騒動でもあるのか、みょうなやりとりである。染谷と玄八は顔を見合わせ、念のためにと玄八が三人のあとを尾け、表通りから枝道に入ってすぐの、門構えのしっかりした旅籠に入ったのを見とどけた。

青山屋敷を出た仁左が市ケ谷御門に近い茶店に近づいたのは、尾行から戻って来た玄八がふたたび縁台に腰を下ろしてすぐだった。

羅宇竹の音とともに仁左が、

「おーう、おうおう。来てくれてたかい」

仁左の心の底からの声である。

「やはり、なにかありやしたかい」

「ああ。得意先のお屋敷で、のっぴきならねえ話を聞いてよ。ここじゃなんだ。じっくり話ができるところに場を変えてえ」

言いながら玄八が腰を上げたのへ仁左は返し、

「そうかい。いいところがあらあ」

染谷も言いながら腰を上げげ、玄八とうなずきをかわした。さきほど玄八が尾けた旅籠に行こうというのだ。

（なにか得るものがあるかもしれない）

と、互いに判断したのだが、このときはまだ染谷も玄八も、奇妙な会話を交わしていた若君に中間二人という組合せに、軽い興味を感じたにすぎなかった。

仁左もうなずき、枝道に入った旅籠に向かった。

市ケ谷八幡町では、それなりの格式がありそうな旅籠だった。

「ほう。ここなら部屋を取りゃあ、じっくり話せそうだ」

仁左が満足そうに言い、夕刻近くに遊び人としょぼくれた爺さん、それに羅宇屋といったちぐはぐな組合せで、しかも暫時《ざんじ》部屋を借りるだけか泊まりかもはっきりしない客に、女中は顔をしかめた。木賃宿ではなく、格式ある旅籠としては無理もないことだ。

「すまねえ、女将か亭主を呼んでくんねえ」

と、遊び人の染谷がふところのものをチラと見せると女中の態度は一変し、すぐさま女将が奥から出て来た。玄関に一番近い部屋を取った。人の出入りを見張れる位置だ。

「染どんは、ほんに便利なものを持っていなさる」

仁左がふと言ったのへ染谷は返した。

「おめえさんだってよう」

互いにほんの軽くかわした言葉だったが、染谷の言葉は仁左の素性を知っていることを滲《にじ》ませたものだった。

仁左にはハッとするものがあったが、いまはともかく惣太郎を救出し、元僚輩の親野岩之助の危難を解消する糸口を見つけ出すことである。

部屋に落ち着いたのは、ちょうど夕餉《ゆうげ》の時分だった。膳が運ばれて来るまえに仁左が口火を切った。

「俺の得意先のお武家でよ」

と、まだそのように表現する仁左に、染谷はうなずいていた。

「そこの火除地の先のお屋敷だがよ。実はな……」

仁左は語った。拐かしの話に、染谷と玄八は驚愕《きょうがく》の態《てい》になった。まったく予想外のことだったのだ。

二人のいっそうの合力を得るため、仁左は脅し文の内容を語った。明らかに金塊抜き取りの件が絡《から》んでいる。

「えっ、仁左どんのお得意先たあ、そんな偉《えれ》えお人で!?」

玄八が声を上げたのへ染谷が、

「それはともかくだ、いまの話では、八幡宮から火除地に帰《けえ》る短《みじけ》えあいだに、派手な騒ぎもなくフッと消えたってことにならあ。実はなあ……」

と、こんどは染谷の語る番だった。茶店の縁台である。仁左の話が詳しかったように、染谷も三人のようすから聞こえた会話の一句も洩らさず語った。ひとつひとつに玄八はうなずいていた。

仁左は真剣な表情で上体を前にかたむけ、

「で、おめえさんらのことだ。若君とやらにかしずいていたその中間二人、どの方向へ消えた」

「へへん。ここでさあ、ここ」

玄八が得意気に部屋の畳を指さしたのへ、

「えっ。さすが、ふむ、なるほど」

仁左は感心し、染谷がこの旅籠の、しかも人の出入りを察知しやすい部屋をとった意味を解した。部屋には新たな緊張が生じた。

膳が運ばれ、三人は廊下の動きに気をくばりながら箸《はし》を動かし、それぞれの考えも述べた。三人は一致した。

その武家の奉公人らは、奥方に言われ目立たぬように聞き込みを入れたはずである。そこで得た目撃談は、いずれも幼い若君に中間が随っている姿だった。怪しむべきところはなにもない。それらが奥方の登与に報告されても、登与はそれが拐かされた惣太郎だとは思わないだろう。聞き込みを入れた者も、そのように報告したはずである。茶店でのようすからも、まったく緊張感や強制的なものは感じられなかったのだ。

六歳であれば、武家の子息でも町場に出れば、あちこちに興味を示すだろう。その一瞬を衝《つ》き、小柄で敏捷《びんしょう》そうな中間と右眉の上にほくろのある中間が若君に片膝をつき、巧みに母親の一行から引き離し、あとは裏手からこの旅籠にいざなったのだろう。その所作もきわめて自然で、人に奇異な印象を与えるものではなかったろう。うやうやしくかしずけば、七百石の武家の若君ならそれを当然のように育てられているから、まるめこむのはかえって容易である。

火除地に近い青山屋敷の裏門に脅し文を打ちつけたのは、このあとすぐのことだろう。

若君と中間二人のやりとりから、若君が旅籠のひと部屋にじっとしているのにぐずりだし、ころあいを見計らい、火除地から離れた茶店に若君を息抜きにいざない、染谷と玄八が腰を据える縁台のとなりに座を取り、また早々に引き揚げた……。すべての状況から、そう考えて間違いないようだ。

ここまで来れば、仁左としてはもう〝得意先のお武家〟が目付の青山欽之庄であることを話さざるを得ない。だが仁左はあくまで、自分との関係は、お屋敷出入りの羅宇屋とした。明かせば〝隠れ〟ではなくなり、染谷にしてもそれを知って合力したなら、支配違いの者と組んだことになり、奉行の榊原忠之までいずれかより糾弾《きゅうだん》の標的にされかねない。

「それにしちゃあ、脅し文がただ惣太郎君とかいう若君のお命と引き替えに、こたびの件から〝手を引かれよ〟だけじゃ、あまりにも漠然としすぎていやしねえかい」

と、染谷もおなじ疑問を呈した。玄八も相槌《あいづち》を入れた。仁左とおなじように、脅し文に疑念を抱《いだ》いたのだ。

染谷が旅籠の亭主か女将に、惣太郎たちの部屋を聞き、踏込めば事は簡単だ。

だが、仁左は言った。

「さいわいと言っちゃあなんだが、その二人の中間のようすからすりゃあ、惣太郎君に危害が加えられることはなさそうじゃねえか。ここはひとつ、しばらくようすを見て、背景になにがあるか探ってみようじゃねえかい」

「いいのかい、それで」

染谷が問い返した。仁左にすれば、ひと呼吸でも早く救出し、青山家を安堵させたい。だが、親野岩之助を救うには、事件の全容解明が必要なのだ。中間二人がトカゲの尻尾《しっぽ》なら、かえって全体像がつかめなくなる。仁左には、断腸の思いから出た言葉だった。染谷はそこを解した。玄八もうなずいていた。

仁左は、遊び人としょぼくれ爺さんに言った。

「なあに、おめえさんらの合力がありゃあ、できねえことはねえ。俺だってただの羅宇屋じゃねえしな」

羅宇屋は仮の姿……切羽《せっぱ》詰まった状況に、仁左はみずから〝ただの羅宇屋じゃねえ〟ことを明かした。

染谷と玄八は、得心のうなずきを見せた。

ここにおいて、いま市ケ谷八幡町の旅籠のひと部屋で鳩首《きゅうしゅ》しているのは、羅宇屋と遊び人と屋台のおやじではなく、隠れ徒目付に北町奉行所の隠密廻り同心とその岡っ引となったのだ。

六

それら三人は、玄関に最も近い部屋で息を殺した。

染谷は旅籠の者に、誰を見張っているかは告げていない。告げればその動きは逐一《ちくいち》知らされようが、対手《あいて》に気づかれることになる。

中間二人はよほどうまく惣太郎をなだめ、時を過ごしているのだろう。その意図はまったくわからないが、夜更けてから出かける気配はなかった。夜中にいずれかへということもあり得る。三人は順番に起きて、玄関に人の動きがないか気を配った。

翌朝といっても、夜明けまえだった。外はまだ暗い。

玄八が不寝番のときだった。

「旦那、旦那。起きてくだせえ」

仁左と染谷を息だけの声で揺り起こした。

玄関の板敷きに人の動きを感じ、そっとふすまにすき間をつくりのぞいて見ると、件《くだん》の中間二人が惣太郎をともない、女中が手燭《てしょく》で足元を照らしていた。明らかに出立《しゅったつ》のようすだ。旅籠では夜明けまえに発《た》つ客など珍しくない。女中もなんら奇異に感じていないようだ。

「旦那、早《はよ》う」

玄八は仁左をためらいなく〝旦那〟と呼んだ。羅宇屋ではなく徒目付と認識しての、きわめて自然な呼び方だった。

二人ともすぐに出立できるいで立ちで掻巻《かいまき》にもぐりこんでいる。

「よし、行け」

染谷の差配に、玄八が中間たちの出たすぐあとにつづいた。染谷は女中に番頭を呼んで来させ、仁左とともに玄八につづいた。仁左は道具箱を旅籠にあずけ、念のためふところに匕首《あいくち》を忍ばせた。番頭はようやく、染谷たちの狙いが中間二人と若さまだったことに気づいたようだ。

外に出ると、玄関近くの角に玄八の影が識別でき、早く早くの仕草をしているのがその動きからもわかった。

暗いなかに、中間の一人が提灯で惣太郎の足元を照らしているので、尾けるのは容易だった。仁左、染谷、玄八は夜道に灯《あか》りなしで人を尾行するのは慣れている。

提灯の灯りは表通りに出ると、外濠に沿った往還を北へ進んだ。かなり近づいたが、声の聞こえるところまで近づくのは危険だ。

『こうも早《はよ》うに、いずれへ行くのか』

『へい、ご心配なきよう。お屋敷からの指図《さしず》にございます』

言っているのだろう。提灯の灯りに浮かぶ影のようすからうかがえる。すでに江戸城の北側になる牛込《うしごめ》御門のあたりから、ようやく東の空が明るみはじめ、惣太郎の足元を照らしていた中間が、その提灯の火を吹き消した。牛込御門外には、繁華な町場である神楽坂《かぐらざか》が西方向に延びている。もちろん夜明け時分では、朝の早い納豆《なっとう》売りや豆腐《とうふ》屋の影がちらほらと見えるのみである。だが町駕籠《まちかご》が一挺《ちょう》、神楽坂と外濠に沿った往還の角に出ていた。

声は聞こえないが、駕籠は一行を待っていたようだ。駕籠舁《か》きは片膝を地について一行を迎え、中間二人もおなじように片膝をつき、

『さあ、お乗りくださいまし』

言っているのがその所作からわかる。

このうやうやしさが、幼い惣太郎を屋敷から引き離し、ここまで引っぱって来させたのだろう。それでもやはり惣太郎はいくらかためらい、

『どこへ行くのか』

言ったようだ。

小柄な中間がなにやら応え、駕籠の垂《たれ》が下ろされた。

駕籠尻が地を離れ、動き出した。

乗っているのが六歳の子供であれば、駕籠は軽くそれだけ速く走れる。

「行くぞ」

「おう」

仁左が言い、染谷が応え、玄八も老けづくりのまま若者の動作になった。

周囲は徐々に明るくなっていくが、往来人はときおり魚屋など朝の棒手振《ぼてふり》と出会うくらいだ。駕籠舁きのかけ声と自分たちの足音が聞こえるのみで、どこへ向かっているのかまったく見当もつかない。駕籠の前には先導するように小柄な中間が走り、うしろに右眉にほくろの中間がついている。

神田《かんだ》川が外濠に流れこんでいる船河原橋《ふなかわらばし》を渡ったあたりで濠に沿った往還を離れた。夜明け時分で尾ける者などいないと思っているのか、うしろの中間がふり向かないのはありがたい。それでも町家や武家屋敷の角を曲がるときにはチラと背後に視線をながしている。尾けるのは仁左と染谷に玄八である。そのあたりは心得ている。一度止まり、すぐあとまた駕籠舁きのかけ声を頼りに追う。

駕籠の一行は小石川《こいしかわ》の通りに出た。江戸城の北西に位置する護国寺《ごこくじ》と城の北側になる伝通院《でんづういん》を結び、あとは水戸徳川家の上屋敷を経て外神田《そとかんだ》の方面に至る、昼間ならけっこう人通りの多い往還である。

日の出まえの小石川の通りを駕籠は伝通院の方向に進み、同心町《どうしんちょう》のあたりで枝道に入った。そこは町名の示すとおり、通りの両脇とも武家地で枝道に入ってもまた武家屋敷がつづき、表通りと違い昼間でも人通りは少ない。

（はて、まさか）

小走りのなかに仁左は、駕籠の向かった先に驚きを抑《おさ》えられなかった。いま駕籠の一行が歩を踏んでいるのは、武家地でも二百石ほどの旗本屋敷が門を連ね、そこには御庭番の組頭《くみがしら》たちの屋敷もいくつかある。その方面に関しては、町方の染谷より仁左のほうが詳しい。

いずれかの屋敷の裏手で駕籠は停まった。

白壁の角に身を潜めた。武家地で人通りのないのがさいわいだった。

ふたたび駕籠舁きと中間二人はうやうやしく片膝をつき、駕籠を出る惣太郎を迎え、一町駕籠は急かされるように《せ》その場を去った。

「うむむ」

思わず仁左は低いうめき声を洩らした。記憶に間違いなければ、そこは名までは知らないが百人番所に詰める御庭番の組頭に与えられている屋敷なのだ。

惣太郎は訝《いぶか》るようにその場へ立ち、中間二人はなおもうやうやしく片膝を地についたまま、なにやら惣太郎に話している。聞き取れない。

いま三人で飛び出せば惣太郎を奪い返すことはできる。だがそれをやれば騒ぎになり、惣太郎が御庭番組頭の屋敷に連れて来られた背景が解明できなくなる恐れがある。

「いますこしようすを」

息だけの声で仁左が言ったのへ、染谷と玄八は無言のうなずきを返した。

小柄な中間が腰を上げた。そこに奉公人や行商人たちが出入りする勝手門があるようだ。その壁のなかに惣太郎と中間二人は消えた。

三人は走った。はたして白壁のそこに板戸一枚の裏門があった。三人は再度うなずきを交わし、仁左がそっと押した。

開いた。板戸が開くのに鈍い重さがあった。

すぐにわかった。徳利門《とつくりもん》だ。

百石や二百石の旗本の内情は苦しい。裏手に門番の中間を配置しておく余裕などない。そこで裏門の板戸の上に紐《ひも》で結んだ一升徳利を吊るす。普段は閉まった状態になり、外から押せば開き、離せば徳利の重みでまた閉まる。それを徳利門といった。武家にしては無防備この上ないが、ともかく格式《かたち》を整えておくのに、背に腹は替えられないのだ。

三人は身をかがめ、なかに入った。裏庭で植込みがあり、母屋とは別棟になった物置のあるのが見える。中間二人と惣太郎がその物置の前に立っている。

すっかり明るくなり、間もなく日の出のようだ。

(なにをしていやがる)

三人は植込みに身を隠し、ようすを窺《うかが》った。

(なんだ、あれは)

三人は同時に思った。小柄な中間が筍《たけのこ》の皮の包みと竹筒《たけづつ》を手にしているのが目に入ったのだ。

「にぎりめしと水筒《すいとう》のようですぜ」

玄八がその場にしか聞こえないような低声《こごえ》で言ったのへ、仁左と染谷はうなずいた。そのようだ。朝が早かったので旅籠で用意させ、どこかで喰らうつもりだろう。三人とも、それ以上は考えなかった。

　動きがあった。右眉にほくろの中間が身をかがめ、物置の錠前を外しにかかったようだ。すぐに開いた。惣太郎たち三人は中に入り、中間二人だけが出て来た。なぜなのか事情がまったくわからない。中間二人はふたたび外から錠前をかけると、足早に植込みのほうに向かって来た。仁左たちは息を殺した。背後はいま入ったばかりの徳利門だ。

　日の出だ。屋敷の者が起き出して来るだろう。中間二人は植込みの仁左らに気づくことなく、急ぐように徳利門を出た。それはまた閉まった。

　いまが誰にも知られず、惣太郎を救い出す絶好の機会である。錠前はなんとかなるだろう。外せなかったら戸を破ればいい。植込みの三人はまたもうなずきを交わし、物置に走ろうと腰を上げた。

「いかん」

　言ったのは染谷だった。母屋の勝手口のほうから物音が聞こえたのだ。人が出て来ようか。すでに陽は東の端を離れている。機会は去った。

　つぎの動作に入るのは速かった。仁左がこの場に残ってようすを見るとともに機会を窺い、染谷は北町奉行所に走り榊原忠之に向後の指示を仰ぎ、玄八は札ノ辻に走り、忠吾郎にこれまでの経緯を知らせる。

そのあとは、わからない。ともかく玄八が相州屋に置いている屋台を担ぎ、きのう昼間三人が待ち合わせ場所にした市ケ谷八幡町の茶店の横にそば屋の屋台を据え、

「そこをわれらのつなぎの場としよう」

「承知」

「がってんでさあ」

仁左の言葉に染谷と玄八は返し、腰を上げた。母屋から女中や中間など奉公人が出て来るのを警戒しながら、二人は身をかがめて徳利門に走り、外に出た。板戸が自然に閉まる。なんとも便利な仕掛けである。

朝日を受けながら、仁左は植込みのなかに息を殺した。すでに裏庭に中間が竹箒《たけぼうき》を持って出てきており、母屋の勝手口の中には女中たちがかまどに火を入れ、納豆売りや豆腐屋など朝の棒手振たちが徳利門から入って来て台所に出入りしている。

惣太郎救出の機会は完全に去っている。

それだけにいっそう、

（物置の中はいったい……）

植込みに身を潜めながら気が気でない。物置で外から錠をかけられているとはいえ、これまでのようすから、そう非道《ひど》いことにはなっていないだろう。だが、青山屋敷はどうか。欽之庄も奥方の登与も、眠れぬ一夜を過ごしたのではないか。中間や腰元たちもそうであろう。

仁左はハタと気づいた。小柄な中間は物置から出て来たとき、手ぶらだった。

（にぎりめしと竹筒、惣太郎君のため、中に置いて来た）

そうとしか考えられない。

（青山さま、惣太郎さまは無事で在《おわ》すぞ）

胸中に叫んだ。親心を思えば、いますぐにもこの屋敷を抜け出し、市ケ谷御門の火除地横の青山屋敷へ走りたい衝動に駆《か》られる。

しかし、かつて同輩だった親野岩之助が切腹を目前に、城中百人番所の座敷牢に留めおかれている。きょうは卯月（四月）十日、家斉将軍の評定所御成まであと六日しかないのだ。

徳利門を納豆売りとしじみ売りが入って来た。植込みのすぐ近くにも竹箒を持った中間が来た。

仁左は息を殺しながらも、
(青山さま、若君は生きておいでですぞ)
胸中に叫ぶとともに、
(岩之助、待っておれ！)
思いが交差する。
中間が庭を掃く竹箒の音が近づいて来た。
(いかん)
思ったときだった。
遠くから声が聞こえた。
「おぉい、そっちはいい。表門のほうへまわってくれ」
「へーい」
竹箒の音がやみ、足音が植込みから遠ざかった。

二　奇妙な拐《かどわ》かし

一

　救出の機会を失い、日の出からさほどの時を経ていないというのに、仁左は裏庭の植込みのなかに、無為無策のまま丸一日も潜《ひそ》んでいるような思いにとらわれている。

　青山欽之庄の胸中を思えば、

（いますぐにも飛び出し、物置の戸を蹴破《けやぶ》り……）

　衝動に駆《か》られる。

　そのたびに、

（百人番所だ！　岩之助を救わねば）

思いが、衝動に駆られる足を引き止める。

家斉《いえなり》将軍の評定所御成まであと六日しかない。寸刻も無駄にはできない。

（うーむ。ともかく……）

身を起こした。裏庭に奉公人らの姿が消えた一瞬を狙《ねら》い、外に出た。惣太郎君は無事なのだ。徳利門《とっくりもん》が自然に閉まる。

「ありがたいぜ」

つぶやき、夜明けまえに来た道を返した。青山欽之庄に、惣太郎が無事なことだけでも伝えておこうと思ったのだ。御庭番組頭の屋敷は、他人の探索には尽力しても、足元の警備には無頓着《むとんちゃく》のようだ。

外に出ると小石川の通りから外濠《そとぼり》の往還《おうかん》に向かい、船河原橋を過ぎれば牛込御門外である。まだ朝のうちだが、神楽坂にはすでに人が出ている。そこを過ぎれば八幡町の市ケ谷御門は近い。葦簀《よしず》張りの茶店はすでに商《あきな》いを始めている。町人姿でなかば駈け足の急ぎ人に茶汲み女の声はかからない。

火除地《ひよけち》を過ぎ、屋敷の裏手にまわり、潜り門を叩《たた》いた。門番の中間《ちゅうげん》は、仁左の顔を見るなり、

「旦那さまーっ」

母屋《おもや》に走った。仁左もそれにつづいた。

このときもまた、青山屋敷では異変が起きていた。

日の出のすぐあとだったという。小石川同心町では忍び込んだ屋敷の裏庭から、染谷と玄八がそれぞれの行き先に向け徳利門から外に出たころになろうか。青山屋敷の中間が裏門の外を掃《は》こうと竹箒《たけぼうき》を手に近づくと、紙片で包んだ石つぶてが投げこまれた。投げ文《なげぶみ》である。きのうの脅し文の件がある。中間は驚き、母屋に走った。

欽之庄も登与も、一睡もしていない。

開いた。

文面は一行のみだった。

――惣太郎君は小石川の秋岡《あきおか》邸にてお預かり申し候
筆跡はきのうの脅し文に似ており、差出人の名がないのもおなじだった。

奥方の登与は半狂乱になり、奥の部屋で座してはおられず、立ったまま、

「殿！　小石川の秋岡邸とは、どなたのお屋敷ですか！　いますぐ、いますぐ徒目付《かちめつけ》のお人らを集め、惣太郎を救い出してくださいましっ」

と、夫の欽之庄に迫る。

欽之庄は、

「落ち着け、ともかくようすを見るのだ」

狼狽《ろうばい》しながらも、幾度も投げ文を読み返し、心配して奥の部屋まで来ていた用人や女中頭《じよちゆうがしら》を下がらせ、

「まずは座れ」

と、登与を座らせた。

奉公人たちを下がらせたとはいえ、声を荒らげれば部屋の外にも聞こえる。武家の妻であれば、このような非常時にこそ落ち着いた姿を見せねばならない。用人とは士分で屋敷の男の奉公人を束《たば》ね、あるじ不在のときは屋敷を代表する役にある。女の奉公人を奥方に代わって差配するのが女中頭である。いずれも古くから屋敷に仕《つか》え、年配の者が多い。

奥の部屋を下がった用人と女中頭は、欽之庄と登与の意を受け、

「日常のごとくに」

奉公人たちに言うが、屋敷全体にきのうからの緊張と不安は消えない。昨夜眠れなかったのは、欽之庄と登与だけではない。若党《わかとう》から中間、腰元から飯炊きの

婆さんにいたるまで、熟睡できた者は一人もいないのだ。舞には腰元が一人、昨夜からずっとつき添っている。

奥の部屋が鎮《しず》まったところで、屋敷はいつもの平穏を取り戻した。だが、表面は……である。

ともかく端座し、大きく息を吸った登与に、

「奥よ、読み返してみよ」

と、あらためて投げ文でしわのよった紙片を示した。

登与は震える手で受け取り、再度目をとおした。

「殿、これは……」

と、紙片から上げた顔を欽之庄に向け、

「生きておりますなあ、惣太郎は」

「むろん」

欽之庄は力を込めて返した。

文面は確かに〝お預かり申し〟と記されているのだ。

登与の手の震えはとまった。だが、身を削られるような懸念まで払拭できたわけではない。

落ち着いた口調で欽之庄は言った。

「きのうの文《ふみ》では場合によっては生命《いのち》を奪うような脅しをかけ、きょうは預かっているなどと言い、しかもその場所まで示しておる。尋常《じんじょう》ではない」

「なにやら、裏がありそうな」

登与が返したのは、やはり目付の奥方か。

欽之庄は言った。

「なにやらわしを小石川の秋岡屋敷へ手勢を引き連れ、打込ませようと仕向けているような……。どうやら役務に関わることのようだが、いかなる事情かまったく見当がつかぬ」

「その小石川の秋岡さまとは、いったいどなたさまなのでございましょう」

「ふむ」

と、欽之庄はそれには応《こた》えず、

「徒目付の大東仁左衛門を極秘の探索に出しておるゆえ、やがてわかることもあろう。それにしてもひと晩も連絡なしとは、遅い」

言ったところへ、廊下に激しい足音が立ち、

「裏門より中間の報告にございます。大東仁左衛門どのがただいま屋敷に」

「仁左衛門にございます」

ふすま越しに、用人の声に仁左の声が重なった。中間が用人に取次ぎ、仁左は返事を待つまでもなく、そのまま奥の部屋まで用人について来たのだった。

「おう、待っておったぞ。入れ」

「はっ」

応えたとき仁左はすでにふすまを開けていた。

足音を聞いたか、女中頭も急ぐように来た。屋敷のいずれもがいま、緊張のなかにあるのだ。

「役向きのことゆえ、そなたらは下がっておるがよいぞ」

「はっ、なれど」

欽之庄の言葉に用人は返したが、

「ならぬ」

再度言われれば、

「ははっ」

女中頭ともども下がらざるを得ない。廊下からふすまを閉めた。

部屋の中で仁左は城中とは異なり町人姿のまま端座し、青山夫妻と向かい合うかたちになった。〝役向き〟のこととなれば、奥方といえど同座はできない。だがこたび、奥方を外すことはできない。

「さあ、大東どのとやら。申されよ」

と、端座のまま上体をせり出し言ったのは奥方の登与だった。

欽之庄も、

(さ、早《はよ》う)

目が語っている。

「はっ」

仁左は応え、

「私には相州屋という人宿《ひとやど》に、懇意《こんい》にしております者もおり、それらの手を借りまして……」

前置きした。当然、青山欽之庄は仁左が田町札ノ辻の人宿相州屋にねぐらをおいていることは承知している。だが、あるじの忠吾郎が北町奉行の榊原忠之の実弟であることまでは知らない。町奉行所と目付は支配違いであるため、むしろ青山欽之庄はそれを知らないほうがいいのだ。

語った。

得体の知れない中間二人の存在から、その者たちにきょう未明、小石川同心町の微禄《びろく》の旗本屋敷に惣太郎が伴《ともな》われたようすまで、にぎりめしの話もまじえ……。

登与が激しく喙《くち》を容《い》れた。

「なにゆえ、なにゆえそのとき救出せなんだのじゃ」

「ひかえよ、奥」

欽之庄は強い口調でたしなめた。仁左がこたびの拐《かどわ》かしから、金塊抜き取りの背景を探り出そうとしていることを解しているのだ。それはむろん、青山も望むところである。

仁左はつづけた。

「裏庭の植込みに潜むも日の出を迎え、救出する機会を逸し、とりあえず経過報告に駈け戻って参った次第にございます。それに青山さま。その小石川同心町の屋敷というは、御庭番組頭の役宅にございます」

「うっ」

青山欽之庄はうめき声を上げ、

「そなた、いま小石川と申しましたなあ」

登与がまた言い、ひと膝《ひざ》まえにすり出た。

手には投げ文の紙片が握られ、その手がふたたび震えはじめた。

「奥方さま、さきほどより、その手にお持ちのものはなんでございましょう。このたびの件になにか関わりのある……」

仁左が問いを入れたのへ、

「おぉ、それそれ。それよ」

青山欽之庄が応え、

「そなたの話を早う聞きとうて、つい言いそびれた。さきほど日の出のころだ。投げ文があってのう。そなたの探索と、まったく連動するものだ」

「えっ」

「これ、奥。それを仁左衛門に」

「は、はい」

登与は応じ、仁左は端座のままにじり出て紙片を受け取った。登与が握り締めていたものだから、いっそうしわくちゃになっている。

仁左は開き、わずか一行の文に目をとおすなり、

「これは！　秋岡といえば、あの屋敷、ちかごろ御家人から旗本に出世なされた

という秋岡左八郎《さはちろう》どのの……」

「そういうことになる」

「したが、解《げ》せませぬ。慮外者《りよがいもの》は秋岡どの？　ではなにゆえ、わざわざそれを知らせて来るのでございましょう」

「わからぬ。すまんがそなたには、さらに探索を進めてもらいたい。さきほどそなたの申した中間二名だ。探し出し、正体を突きとめよ。秋岡どのは何者かに嵌《は》められようとしておるのやも知れぬ」

「承知。あの二人を眼前に置きながら、最後まで尾行せなんだこと、悔《く》やまれまする」

「なあに、惣太郎の無事を確認するためであったのだろう。礼を言うぞ」

「もったいのうございます」

「殿、いまごろ惣太郎は！」

また登与が喙を容れようとしたのへ欽之庄は、

「わかっておる。いま秋岡邸へ一番打込みたいのはこのわしだ。なれど事はご政道に係《かか》り合《お》うているやも知れず。よって迂闊《うかつ》には動けぬ。仁左衛門の報告では、惣太郎は酷《ひど》い扱いは受けておらぬ。むしろ、優遇……かのう」

膝の上に置いた欽之庄の手も、かすかに震えていた。

仁左は奥方の登与に言うのを忘れなかった。

「お察しいたしまする。惣太郎さまは無事でござれば、後刻《ごこく》それがしが身命を賭《と》してお屋敷にお連れ申し上げまする」

そのまま視線を青山欽之庄に向けなおし、

「これより不逞《ふてい》な中間二名の探索に入ります」

自信はあった。染谷結之助と玄八がついているのだ。

つづけた。

「したが、中間たちを追うにせよ、秋岡左八郎なる御庭番組頭がいかなる人物か知っておかねばなりませぬ。青山さまはご面識がおありでしょうか」

「いや、会《お》うたことはない。ただ、そなたも知っておるとおり、御家人より旗本に取り立てられたという稀有《けう》な人物として、うわさを耳にしたまでだ」

「いかような」

仁左に問われ、

「中間二人の探索に役立つなら」

と、欽之庄は話しはじめた。

「なんでも部下思いで、危険な御用も敢然《かんぜん》とやってのけ、以前のある勲功《くんこう》によって上様（家斉将軍）直々《じきじき》のお声がかりにより、御家人から旗本に取り立てられ、将来を嘱望《しょくぼう》されている人物と聞く」

御庭番が御直《おじき》に遠国《おんごく》御用を仰《おお》せつかるときは、本丸御殿中奥《なかおく》の御駕籠台下《おかごだいした》に出向き、そこで拝命することは仁左も知っている。御駕籠台とは大奥と中奥の境にあり、将軍が遠御成《とおおなり》のとき駕籠に乗る場所である。

御庭番が役務を果たし、報告するときもこの場所である。そのときお褒《ほ》めの言葉をいただき、家斉将軍の口から旗本への昇格が出たのだろうと推測できる。ならばこの昇格は、たとえ老中でも異議申し立てはできないことになる。

「いかな御用への勲功でございましょう」

「ひかえよ、仁左衛門」

「はーっ」

仁左は両の拳《こぶし》を畳についた。たとえ僚輩《りょうはい》であっても、他の者の役務を訊くなどあってはならないことなのだ。まして支配違いの御庭番についてである。

畏《おそ》れ入る仁左に青山欽之庄はつづけた。

「ともかくだ、こたびは慎重に事を進めねばならぬ。拘禁《こうきん》されているのは惣太郎だけではのうて、親野岩之助もだからのう」

「御意」

仁左は返した。

向後《こうご》もさらに染谷結之助と玄八の手を借りねばならないのに、岩之助が元徒目付で現在は佐渡相川番所の役人であってみれば、ますます支配違いであり、すべてを話せないのが仁左にはじれったかった。だが染谷たちに、自分が訪《おとな》うのは目付の青山屋敷であることは告げている。

最後に青山は言った。

「そうそう。金塊が出たのが板橋の鶴屋のかまどだったゆえ、火盗改が鶴屋に薪《まき》や炭を卸《おろ》している近在の者どもを総当たりしたそうな」

「ほう、それで」

「怪《あや》しむべき者は一人も挙がらなかったそうだ。火盗改はさらに範囲を広げ、薪炭の関係を探索しているらしい」

「さようでございますか。私はともかく、中間二人を追いまする。面は割れておりますゆえ、雲をつかむような話ではございません」

仁左が返し、腰を上げようとしたのへ登与がまた、

「仁左衛門どのと申されましたなあ」

「はっ」

「惣太郎は、惣太郎はいつ連れ戻って来てくれるのですか！」

無理もない。青山が手綱《たづな》を引いておかねば、腰元や若党を引き連れ、小石川に乗り込みそうな表情だった。

「奥方さまには心をお鎮《しず》めくだされたく。おっつけ朗報を持って参りますゆえ」

返答をした。岩之助を切腹させないことはもとより、惣太郎の救出も喫緊《きっきん》の役務となっているのだ。

二

仁左が市ケ谷の屋敷に駈けこみ、青山夫妻に状況を説明しているころ、染谷は遊び人姿のまま呉服橋の北町奉行所に走りこみ、

「して、いかなることであった。青山どのの屋敷になにが出来《しゅったい》しておった」

「はっ、それがなんとも摩訶《まか》不思議な……」

奥の部屋で奉行の榊原忠之《ただゆき》に、市ケ谷の茶店で仁左と待ち合わせ、そのときに

怪しげな中間二人が武家の子供を連れているのを見かけ、その子供が目付の青山欽之庄の長子《ちょうし》で、小石川の御庭番組頭の屋敷にいざなわれた話までを詳しく語った。隠密廻《おんみつまわ》り同心の報告である。脚色や感情などは入っていない。

「なんと、青山どののご子息が」

忠之は驚き、

「それにしても面妖《めんよう》な。拐かしのような、そうでないような。それでいて青山どのに金塊の件から手を引けとは、ますますわからぬ」

「仁左どんも首をかしげておりました。小石川のようすからすれば、明るくなってから一人での救出は困難かと推測いたします」

「さようか。したが、相手が御庭番組頭の屋敷とあっては、支配違いゆえ奉行所は手も足も出ぬ」

忠之は染谷からその小石川同心町の屋敷の場所を詳しく聞き、

「ふむ。そこなら確か秋岡左八郎という、御庭番組頭の屋敷じゃ」

と、すぐに解し、その人物については、青山欽之庄が仁左に語ったのとおなじ内容を話した。もちろん忠之も知っているのか知らないのか、いかなる勲功があったのかは話さなかった。

同時に言ったものだった。

「なるほど仁左が熱心になるはずじゃ。やっこさんの本名は知らぬが、金塊警護の組頭の親野岩之助なる人物は、元隠れ徒目付で青山どのの配下であったと聞くからのう」

「えっ、それで仁左どんはあのように。こたびの件を、まるでわが事のように捉《とら》えている理由《わけ》がわかりました」

染谷は得心したように言った。だがこのことを、口には出せないことは忠之も染谷も解している。

その話はそこまでで終わり、いま起こっている事態に〝手も足も出ぬ〟と言った忠之はつづけた。

「なれど、そなたは隠密廻りじゃ。いかなる縛《しば》りも受けぬ。仁左に合力《ごうりき》するのではない。相州屋に合力するのじゃ。忠次《ただつぐ》め、自分の庭を捕物に使われたものじゃから、その気になっておるようじゃでのう」

「御意」

「さあ、あとのつなぎの場は市ケ谷であったのう。玄八もようやってくれる。早《はよ》う行って、仁左の意に添うてやれ。それが青山どののご子息を救い、金塊抜き取りの件を解決することへの助けともなろうて」

「おそらく」

座を立ちかけた染谷に忠之は、

「そうそう、怪しげな中間二人は、儂《わし》も初耳じゃった。ということは火盗改も百人番所も、そやつらの存在にまだ気づいていないということだ。心して当たれ」

「ははーっ」

遊び人姿の染谷は奉行所の奥の部屋を退座すると、裏門から奉行所を出た。

札ノ辻に走った玄八が相州屋へ駈けこんだのも、仁左が市ケ谷の屋敷で青山夫妻と対座しているころだった。

陽《ひ》は東の空にすっかり高くなっている。

相州屋の裏庭への路地に駈けこむ玄八に、向かいの茶店から前掛にたすき掛けのお沙世が、

「あらあら、玄八さん。屋台をひと晩も相州屋さんに置いて、どこへ行ってたんですか」

声をかけたのへ、

「ちょいと野暮《やぼ》用でなあ。それが長《なご》うかかってしもうたのよ。きょうはそれを取りに戻ったって寸法で」

と、動作も声も年寄りじみたものに戻し、よたよたと路地に入った。まだ午前《ひるまえ》である。

「あら、そうなの」

お沙世は返した。茶店の横には宇平《うへい》が古着の竹馬を出している。茶店と相乗効果を出し、古着の物色《ぶっしょく》に来た女衆が、茶店の縁台にちょいと腰かけ、茶を飲んでいた。玄八がもし急ぐように路地へ駈け込んでいたなら、お沙世はなにかあったと勘づき、あとにつづいて下駄に音を立てたことだろう。

裏庭では、

「おおう。そうかい、そうかい。おめえが戻って来たかい」

と、忠吾郎は待ちかねたように縁側へ出て、そのまま老けづくりの玄八を居間にいざなった。寄子宿の長屋で古着を繕《つくろ》っていたお仙も気になっていたのか、玄八の声を聞くと裏庭に出て来て、

「わたくしも、ようございましょうか」

「場合によっちゃ、なあ」

言ったのへ忠吾郎は玄八に視線を向けた。

「おそらく」

玄八は若やいだ声で返し、お仙も縁側から上がり同座した。

これまでの経緯《いきさつ》を詳しく語った。

聞き終え、

「うーむ。目付に御庭番がからんで来たかい。したが、わけがわからん」

「その拐かし、ほんとうに拐かしなんでしょうか」

忠吾郎もお仙も首をかしげた。

お仙が問いを入れた。

「仁左さん一人が、小石川同心町のお屋敷に残っておいでなのですね」

「さようで。あっしはともかく忠吾郎旦那にと、走り戻ったわけでやして。こうも明るくなっちまったんじゃ、その後のようすを確認できても、救い出すのはちょいと無理かと思いまさあ」

玄八はお仙の訊こうとしていることを、先取りして応えた。玄八はまだ、仁左が小石川同心町の御庭番組頭の屋敷を抜け出し、市ケ谷の青山屋敷に駈け込んだことも、そこに新たな投げ文のあったことも知らない。

「ともかく御庭番組頭の屋敷に、青山という目付のせがれが、まだ留《とど》め置かれているということだな」

「さようで」

「その屋敷から子供を奪い返しゃ、こたびの騒動の全容が解明できるかもしれねえ。仁左の目的はそこだろう。助《す》けてやろうじゃねえか」

忠吾郎は決すると行動は速かった。

「つなぎの場は市ケ谷八幡町だったな」

「へえ、そこへあっしが屋台を出しやす」

「いますぐ行ってくれんか。屋台は長屋《ここ》に置いたままだったろう」

「へいっ」

玄八は急ぎ戻ったばかりなのに、相州屋の差配を受け勢いよく腰を上げた。おもてではお沙世が屋台を担《かつ》いで出て来た玄八に、

「あらあ、さっき帰ったばかりなのに、もうお出かけ？」

「ああ、稼《かせ》がなきゃなあ。竹馬の宇平さんに負けちゃおれやせんや」

皺枯《しわが》れた声で返し、札ノ辻を離れると屋台を担いだまま急ぎ足になった。

もちろん忠吾郎の差配はそれだけではない。

部屋に残ったお仙に、

「そなたがいてくれてよかった。聞いたとおりだ。あとからでいいぜ。宇平と一緒に市ケ谷に出張《でば》ってくれんか。もちろん宇平どんは竹馬を担いでだ。そなたも一応、得意の手裏剣《しゅりけん》を用意しておいてくれ」

「はい」

お仙は目を輝かせた。

さらに忠吾郎は店場に戻り、帳場格子《ちょうばごうし》の中に座っていた番頭の正之助《まさのすけ》に、

「これから小石川の武家屋敷へ行ってもらうぞ。初めての屋敷だ」

「えええっ」

突然のことに正之助は驚き、思わず帳場格子の文机《ふづくえ》から腰を浮かした。

正之助は忠吾郎が札ノ辻に人宿の看板を掲げた十年以上もまえから奉公している番頭で、口入れ稼業に精通した人物であり、おもて稼業で相州屋を支えている人材だ。商舗《みせ》の帳場格子に正之助がひかえているから、忠吾郎は心置きなく影走りができるのだった。

忠吾郎は言う。

「行くだけでよい。口入れの御用がなくてもよい。わしも近くまで一緒に行くか

ら。その屋敷のようすを見たいのだ」

「は、はい。これからでございますか」

正之助も忠吾郎の影走りを心得ており、実兄が北町奉行であることも知っている。武家屋敷のようすを見るのに、口入れの営業を仕掛けるのも一つの有効な手段なのだ。忠吾郎の風貌《ふうぼう》では、初めてのところへ腰をかがめ揉《も》み手をしても、口入屋の御用聞きというには難がある。

このあとすぐだった。珍しくそろって出かける忠吾郎と正之助に、

「あらら、きょうは不思議なことばかり。仁左さんはひと晩帰って来なかったと思ったら玄八さんが帰って来て、すぐまた屋台を担いで出かけ、こんどは旦那と番頭さんですか」

向かいの茶店からお沙世が声をかけて来た。

「ああ、いい仕事になりそうでなあ。宇平どんにも、お仙さんと一緒に来てもらうかもしれねえ。お沙世ちゃんにはここで相州屋を見ていてもらいてえ」

「えっ」

と、お沙世はまたなにやら影走りが動き出したことを察し、

「それじゃ、あたしも」

言ったときには、忠吾郎たちはもう角を曲がり見えなくなっていた。

「んもう」

お沙世が下駄に音を立て足踏《あしぶ》みしてからすぐ、お仙が路地から出て来て、茶店の横に竹馬を出していた宇平とうなずきを交わした。

宇平はお仙が幼いときからの中間だった。お仙の実家がなくなってからもお仙に忠勤を励み、お仙が敵討《かたきう》ちを果たし相州屋に入ってからも老いた身でつき従い、古着屋を始めた。風呂敷包みを背に一軒一軒まわるのではなく、天秤棒《てんびんぼう》に古着を盛り上げ、そこに竹の足をつけ、町角や広小路に据《す》え、客の来るのを待つ。それを担いでいるとき、竹馬が歩いているように見えることから、竹馬の古着売りなどと呼ばれている。

客筋は町中《まちなか》でも武家地でも女衆が多く、さまざまなうわさを居ながらにして聞くことができた。

玄八の屋台と一緒に標的の屋敷の近くに竹馬を据え、物見《ものみ》の場にもつなぎの場にもなったことは、これまでにも幾度かあった。

ここに忠吾郎の独自の策は動き出した。それはまた、仁左と染谷に玄八、さらには青山屋敷の動きとも一つになるものだった。

陽が中天にかかるには、まだ間のある時分である。

三

途中、町駕籠《まちかご》を拾い、忠吾郎と正之助が小石川同心町の地を踏んだのは、陽が中天をいくらか過ぎた時分だった。

「よいな。裏門は徳利門だというから、話にならん。正面門から訪《おとな》いを入れるのだ」

「もう、なにがなんだかわかりませんが、ともかく行って来ます」

と、忠吾郎は白壁の角に身を置き、番頭の正之助を百五十石の豪華でもない秋岡屋敷に遣《や》った。

正面門の門扉《もんぴ》は閉まっていた。

「お頼み申します」

正之助は潜り戸を叩いた。

反応は早かった。訪いの声が終わると同時に、潜り戸が開いて中間姿の門番が顔をのぞかせ、立っているのが町人とわかると、

「なんだ、こんなときに。帰れ、帰れ！」

「いえ、口入屋でございまして。お屋敷に奉公のお人は……」

「口入屋？　うるさい！」

正之助の口上をさえぎり、内から勢いよく閉めた。取りつく島もないとはこのことだろう。戸の閉まる音は、すこし離れた忠吾郎にも聞こえた。困惑したように正之助がふり返ると、

（戻って来い）

手で示している。

仕方なく正之助はとぼとぼと戻り、

「旦那さま、ご覧になりましたか。やはり裏手から訪いを入れたほうがよかったような……。表門に声を入れたからといって、かようなけんもほろろな扱いはめったにございません」

「そのようだったなあ」

忠吾郎は予期していたようにうなずき、

「裏は徳利門だ。勝手に中へ入《へえ》ったりすりゃあ、取り押さえられて打擲《ちょうちゃく》などされていたかもしれねえぜ」

などと得心したように言う。もし訪いを入れたのが、町人姿でもぎょろ目で貫禄があり、腰に鉄製の長煙管《ながぎせる》を差した忠吾郎だったなら、中間は訝《いぶか》って若党か用人を呼び、いずれの者か訊問《じんもん》され、屋敷に不要な警戒心を与えることになったかもしれない。

「ま、これで屋敷のようすが、なかば見えたようなものよ」

「え？　旦那さま、このお屋敷はいったい」

「ふふふ、ご苦労だった。わしはこれから立ち寄るところがあるから、さきに帰ってくれ。遠いでなあ、途中でまた駕籠を拾うとよい。商舗《みせ》のほう、よろしゅう頼むぞ」

「いったい、なにがなにやら」

言いながらも正之助はすぐ町駕籠を拾った。やはり、本業のほうが気になるようだ。

忠吾郎が一人で参詣人《さんけいにん》や往来人でにぎわう市ケ谷八幡町に、小石川からの歩を踏んだとき、陽はすっかり西の空に入っていた。

つなぎの場は市ケ谷御門に最も近い茶店の横である。すでに老けづくりの玄八がそば屋の屋台を据え、実際に年配の宇平もお仙と一緒に来て、古着を盛った竹馬を屋台のそば屋のとなりにならべている。

お仙は仁左、染谷とその横の茶店の縁台に腰かけていた。よそ者のそば屋と古着屋が商いを始めたことに、土地《ところ》の与太《よた》が肩を揺すりながら来たが、遊び人姿の染谷がちょいと腰を上げ、さっさと追い払っていた。

「ほんに染谷さんは、いい物をお持ちですねえ」

お仙が感心するように言っていた。

仲間一同に、最も話したいことがあるのは仁左だ。青山屋敷へ脅し文につづき惣太郎の所在を示す投げ文のあったことである。それに早急《さっきゅう》に救い出すことを、奥方の登与に約束しているのだ。青山欽之庄もそれを待っていよう。

それらは茶汲み女たちの黄色い声のなかで話せるものではない。お仙から忠吾郎もここに来ると聞いたものだから、仁左はしきりに首を牛込御門のほうへまわしじりじりしている。

さきほどその茶店の前を、町駕籠が一挺、四ツ谷御門のほうへ駈けて行った。乗っていたのは正之助だった。垂《たれ》の中から茶店に仁左やお仙、染谷たちがいて、すぐ近くに宇平と玄八もいるのに気づいたが、

（桑原くわばら。私までこれ以上影走りに駆り出されたのじゃ、口入れの商いができのうなってしまいますわい）

と、素通りした。

仁左たちは気づかなかった。

その仁左が、

「おっ。待ち人、来たり」

と、腰を上げた。

往還の人のながれのなかに、急ぎ足で近づく忠吾郎の姿を見つけたのだ。

一同もそれを目にとめた。

仁左が歩み寄り、

「旦那、お待ちしておりやしたぜ。ゆっくり話せるところをすでに決めてありまさあ。さあ」

と、常店のならぶ町家のほうを手で示し、早くもいざなう姿勢に入った。

「おうおう、待ってくれ。みんな来ていると思うていたが、いま小石川から急ぎ足で戻ったばかりだ。茶の一杯なりと」

「お茶なら旅籠《はたご》で。すぐそこでさあ」

仁左が急《せ》かしたのへ染谷も、

「そう。すぐ近くなんで」

あと押しをしてお仙もすでに縁台から腰を上げ、玄八と宇平は始めたばかりの商いを仕舞《しま》いにかかった。

「ふむ。よほど切羽《せっぱ》詰まっているようだなあ」

忠吾郎は解し、仁左と染谷に従った。

場所はきょう未明に発《た》ったばかりの、あの風格のある旅籠だった。仁左や染谷の言うとおり、すぐそこである。仁左はまだそこに羅宇屋の道具箱を預けたままだった。

思えば事態はきょう未明から、各方面で大きく動いたことになる。それらはいまなお進行中で、さらに大きく動こうとしている。

旅籠には染谷がすでに十手を見せている。こんどは竹馬の古着売りや若い娘が増え、女将も番頭も驚いていたが、町人姿ながら貫禄のある忠吾郎が、まわりから〝旦那〟扱いされていることに、みょうに納得していた。

きのうと異なり、奥の静かな部屋をとった。

入るなり番頭が挨拶《あいさつ》に来たのへ、

「ともかくお茶だ」

と、忠吾郎はどっかとあぐらを組んだ。

それを中心に一同は円陣を組むように腰を下ろした。お仙と宇平だけが端座である。いつものことだが、宇平はお仙のななめうしろに畏《かしこ》まった。

　お茶が運ばれると旅籠の者を遠ざけ、一同の鳩首《きゅうしゅ》が始まった。染谷らもさきほどから、なにやら重大事がありそうな仁左のようすに、早く聞きたくてうずうずしている。

　仁左は、

「市ケ谷の俺の得意先のお屋敷は、柳営（幕府）のお目付で青山欽之庄さまと申され、そのお屋敷で……」

　と、青山屋敷をなおも〝得意先〟と表現したが、この座でそれを言葉どおりに受け取ったのは、もはや宇平くらいのものであろう。お仙も以前から仁左には感じるところがあり、その素性《すじょう》に気づいている。仁左自身この顔触れを相手に、なおも〝得意先〟と言わねばならないことに、じれったさを覚えているのだ。

「六歳になられるご子息の惣太郎さまは、恥ずかしながら、まだ救出できておりやせん。そこへなんと投げ文が……」

仁左は語った。金塊抜き取りから手を引け、さもなくば惣太郎の命はないぞと脅し、そのすぐあとに投げ文で惣太郎の所在を示してきたことに一同は驚き、一様に首をかしげた。

さらに忠吾郎とお仙、宇平にも聞かせるため、そこが秋岡左八郎という御庭番組頭百五十石の屋敷であることを明確にし、左八郎の人物像については染谷も加わり、勲功があって上様（家斉《いえなり》将軍）のお声がかりで御家人から旗本に取り立てられた人物であることが語られた。

これには玄八が、

「そうだったのですかい」

と、声を入れたものである。

達磨《だるま》顔で凝《じ》っと聞いていた忠吾郎が、やおら口を開いた。

「ふーむ。おぼろげながらも、見えて来たようだぞ」

一同の目はそのほうに向けられた。

それらの視線のなかに、

「惣太郎といったか、目付の小せがれが小石川の秋岡屋敷に連れ込まれたようすに、さきほどの門番の緊張したさまから、どうやら秋岡左八郎なる御庭番の組頭は、何者かに嵌められようとしているとみて間違《まちげ》えねえようだな」

「やはり」

仁左が返した。青山欽之庄もそう見立てているのだ。

だが、……誰に。それが判らない。

（糾明《きゅうめい》すれば……岩之助を救う手立てが見いだせる）

仁左は確信している。きょうは卯月十日、家斉将軍の評定所御成まであと六日である。仁左は焦《あせ》る気持ちを懸命に抑えた。

「さきほどなあ、正之助に小石川の秋岡屋敷へ口入れの御用聞きをかけさせてみたのだ。門前払いだった。それも切羽詰まったようにな……」

忠吾郎が語った表門でのようすに、染谷が問いを入れた。

「で、旦那はいかように解釈されやした」

「そこよ」

忠吾郎は一同を見まわした。

「玄八から聞いた、惣太郎が秋岡屋敷の物置に入れられたようすからすりゃあ、拐かしたのは秋岡左八郎じゃねえな。秋岡家じゃ知《しら》らぬ間に裏庭の物置に青山家のせがれを放りこまれ、仁左どんがそれを報せようと市ケ谷の青山屋敷に走ったころじゃねえのかい。秋岡家じゃ人のいねえはずの物置になにやら音のするのに気づき、戸を開けてびっくりした。中間二人という慮外者どももそうなることを見越し、青山屋敷へ投げ文をしたのだろうよ」

仁左と染谷は同感を示すように、しきりにうなずきを入れている。

そのとおりだった。

日の出より間もなく、秋岡家では中間が物置に人の気配を感じ、戸を開けると武家の子供が一人いた。あるじの左八郎はすでに百人番所に出仕している。聞けば子供は目付の青山家の長子だという。七百石の家柄である。

とりあえず秋岡家では惣太郎を母屋の座敷に移し、奉公人がお城に走り、左八郎は驚いて屋敷に駈け戻って来た。おそらく惣太郎は中間二人から、

「――お家危急のおりでございます。できるだけおとなしくここで凝っとしていてくだされ。きっと救い出され、この家の者から親切にされましょうから」

などと言われ、六歳の身で健気《けなげ》にもそれを守っていたのだろう。惣太郎は秋岡家の者に、実際にそう語ったのだ。わけが判らないが、なんともさきを見越した巧妙なやり方である。

左八郎は小石川に急ぎ戻り、座敷で菓子を与えられている惣太郎を見て、驚《きょう》

愕《がく》したことだろう。左八郎も御庭番である。考えた。誰が仕組んだのか……背景が判らないまま青山家に知らせたなら、あるいは騒ぎ立てたなら、いかなる災厄《さいやく》がかかって来るか知れたものではない。

（――如何《いか》にすべきか）

思い迷っているところへ、相州屋の正之助が〝口入屋でございまして〟などと表門に声を入れたのだった。

忠吾郎は言った。

「ともかくだ。青山家夫妻の胸中は察するまでもない。拐かしよりすでに一日半が経《た》っておる。寸刻も早くせがれどのの無事な顔を見たいことだろ」

「むろん、むろんでさあ」

仁左が応じ、お仙が大きくうなずきを入れた。染谷、玄八、それに宇平もうなずいている。

忠吾郎はつづけた。

「かというて、青山欽之庄どのが乗り込んだのでは事が大きゅうなり、それこそ仕組んだ者の思う壺《つぼ》じゃろ。ましてや奥方が取り乱して小石川に出向いたのでは、そこの同心町一帯に知れわたる騒ぎになろうよ」

「おそらく」

と、染谷。

「そこでだ、わしらで穏やかに救出というより、受け取ることにしよう。そのためには、穏やかな策が必要だ。惣太郎にも安心してわしらに従《したご》うてもらわにゃならねえ」

「そのとおりで」

と、仁左。

忠吾郎はつづける。

「惣太郎には、姉が一人いると言うておったなあ」

「舞《まい》さまといい、九歳でさあ」

仁左が応えたのへ忠吾郎は、

「ちょうどいい、その舞に出張ってもらおう」

「えゝえ、九歳ですよ」

懸念の声はお仙だった。

「だからいいのだ。惣太郎は姉が迎えに来たのならなんら疑うことなく安堵し、いかなる騒ぎにもならず、事はさっと終わるだろう。もちろん周囲はわしらが固

める。そば屋の屋台と古着の竹馬が、誰に見られても訝《いぶか》られねえ格好の砦《とりで》にな
ろうよ」

「おもしれえ。中間二人組の鼻をあかすわけでございやすね」

「そうよ」

玄八の言葉に忠吾郎は応え、

「さあて、仁左どん」

「へえ」

「いますぐだ。この近くだろ。お仙さんと玄八どんを連れ、青山屋敷へ交渉に行
ってくれ。青山家もなんらかの智慧《ちえ》を出そうよ。玄八はそのときのわしらとのつ
なぎ役だ。わしらはここで首尾を待つゆえ。屋台と羅宇屋の道具箱は、まだここ
に置いて行くといいさ」

「承知しやした。さあ、お仙さん、玄八どん」

「がってん」

仁左が応じたのへ玄八は返し、お仙も腰を上げた。

具体的な策の始動である。

四

八幡町の旅籠から火除地を経て青山屋敷までの短いあいだにも、仁左と玄八はあの中間二人がまわりにいないか気を配った。そのためにも三人は、距離をとって歩を進めた。いなかった。

青山屋敷では仁左の訪《おとな》いを待ちかねていたが、町娘のような武家娘のような若い女と老けた男が一緒なのを訝《いぶか》りながらも、ともかく三人とも奥の部屋に招じ入れた。

「ほう、ほうほう。これが札ノ辻のお仲間か」

青山欽之庄は緊張のなかにも目を細めた。

むろん奥方の登与も同座し、

「まだですか！　いつ、いつですか⁉　惣太郎が戻って来るのは！」

初対面のお仙と玄八がいるにも拘《かかわ》らず、目じりを上げ声を荒らげた。ここでは上座の青山夫妻に仁左ら三人が対座するかたちになり、もちろんいずれもが端座の姿勢である。

「それにつきまして奥方さま。われら人数をそろえ策を練り、相談に上がった次第にございます。惣太郎さまご救出は間もなくと思《おぼ》し召《め》されたく」

お仙と玄八には初めて聞く仁左の鄭重《ていちょう》な話しようである。だが二人とも予期していたことであり、驚きはしなかった。仁左の青山夫妻への接し方が〝お得意さま〟ではなく、明らかに上役に対する配下のものであったのだ。

仁左こと大東仁左衛門は、忠吾郎の策を披露《ひろう》した。

青山欽之庄は肯是《こうぜ》のうなずきを見せたが登与は、

「なりませぬ！　なりませぬぞっ」

娘の舞を出すことに対してである。

仁左は返した。

「小石川にはわれらがつき随《したが》います。近くには屋台のそば屋と竹馬の古着屋が出ます。いずれもわれらの見張り所にございます」

「なれど、舞はまだ九歳ですぞ」

「だから大事《おおごと》にならず、粛々《しゆくしゆく》と事を進められるのではないか。舞をこれへ」

登与の懸念に欽之庄が諭《さと》すように言い、ふすま越しに廊下へ声を投げた。

舞はきのうから弟が心配で泣き、少女ながらも心労を表情に滲《にじ》ませていた。だ

肯《がえ》んじざるを得なかった。

「ならば、わたくしも同道いたします。これからすぐですね」

登与は一歩も退《ひ》かない口調で言った。これには欽之庄も苦笑しながら、肯《がえ》んじざるを得なかった。

舞には青山家の中間と腰元に扮した仁左とお仙がつき随うことになった。二人ともぴたりとはまり役だ。登与には、本物の青山家の中間と腰元がつくことになった。登与のなだめ役である。

「それでは、あっしは見張り所の用意がありやすので」

と、玄八は忠吾郎らが待つ八幡町の旅籠に急ぎ戻った。

「よいか、なにがあっても取り乱すでないぞ」

青山欽之庄は母屋の玄関口で、登与や仁左らを見送った。表門まで出なかったのは、できるだけ平穏に、目立たぬようにするためだった。

準備は整った。

陽が西の空にかたむきかけている。

小石川同心町の秋岡屋敷の近くである。

表門の見える一角に屋台のそば屋が出て、商家の旦那然とした忠吾郎と遊び人風の染谷がそばを手繰《たぐ》っている。不慮の事態にいたれば、忠吾郎の長煙管と染谷の脇差が威力を発揮するだろう。すこし離れたところに町駕籠が三挺、駕籠尻を地につけ、駕籠昇《か》き人足《にんそく》たちが人待ちげに担ぎ棒にもたれかかっている。忠吾郎が手配したのだ。青山家が権門駕籠も女乗物《おんなのりもの》も出さなかったのは、大げさになるのを防ぎ、何事もなかったように粛々と事を進めるためだった。欽之庄と仁左が話し合ったのだ。

もう片方の角には竹馬の古着屋が出て、女の客が二人ついている。登与と腰元である。すこし離れて中間が片膝を地につけている。

「あ、舞さま、お入りになりました」

腰元の声に、竹馬の周囲に緊張が走った。

中間の仁左が表門の潜り戸を叩き、顔をのぞかせた門番に市ケ谷の青山屋敷から来たと告げるなり、

「し、しばらくお待ちを！」

慌《あわ》てたように言うと、潜り戸を開けたまま母屋に駈けて行った。

すぐだった。潜り戸ではなく観音《かんのん》開きの門扉《もんぴ》そのものが開けられ、腰元が出て

来て中に招じ入れられた。

角の竹馬では、

「ご安堵くださいまし。鄭重に迎えられているようにございます」

「まだ、惣太郎の顔を見るまでは」

腰元が言ったのへ、登与がなおも緊張の面持ちで言った。

屋台のほうでは、

「大丈夫なようですぜ」

「ふむ。あとはどういうかたちで出て来るかだ」

染谷が言ったのへ、忠吾郎が返した。

どちらも、あとは待つのみである。

陽はかなりかたむいている。

母屋では知らせを受け驚いた秋岡左八郎が、玄関口まで迎えるように走り出て来ていた。そこに退屈し切った表情の惣太郎が、

「父上？　母上？」

と、女中につき添われ走ってつづいた。

仁左が玄関口の外に片膝をつき、舞とお仙が敷居をまたぐのと、走り出て来た

惣太郎が板敷きに立つのが同時だった。秋岡左八郎は三和土《たたき》に下りていたが、玄関に入って来たのが少女と腰元だったことに怪訝《けげん》な表情になった。それにはおかまいなく、三和土と板敷きで、

「姉上！　よう来てくれましたっ。父上と母上はっ」

「惣太郎、無事だったのね。よかったあ」

「お待ちですよ、さあ帰りましょう」

「これは青山家の姫でござったか。ともかく上へ」

「はい」

紛《まぎ》れもない姉弟のやりとりに秋岡左八郎は、

「いえ」

腰元のお仙がすかさず返した。

「当家あるじより仰《おお》せつかっております。こたびの件、当方に事情がわからず、ご当家におかれてもおなじことと存じます。よっていまは事を速《すみ》やかに原状に戻すのが肝要と存じます。したがって、この場にて連れ帰りますゆえ、よろしゅうございましょうか」

きりりとした表情に明瞭《めいりょう》な口調である。

秋岡家に否《いな》やはない。

女中がすぐに惣太郎の草履《ぞうり》を玄関に持って来た。

惣太郎は舞にいざなわれるように玄関を出た。そこには仁左が片膝をついて待っている。惣太郎には腰元も中間も見知らぬ顔だが、舞と一緒に来たため訝ることはなかった。それに父や母と出かけるとき、お供の中間が外で片膝をついて待っているのは、惣太郎には慣れた光景なのだ。

なおも玄関の三和土で、腰元姿のお仙は外まで見送りに出ようとする秋岡左八郎に言った。

「いずれより誰の目があるやも知れず。よってお見送りはここまでにて。あとは何事もなかったごとくに」

「ふむ、ふむふむ」

秋岡左八郎はうなずき、

「承知いたした」

「青山家のあるじは後日、秋岡さまと面談いたしたく望んでおります。そのときはよろしゅうお願い致しまする」

「それがしも、それがしもでござる。と、青山さまにお伝えくだされ」

「承知いたしました」

お仙はふかぶかと辞儀をし、敷居を外にまたいだ。板敷きには秋岡家の内儀が端座し、心配そうにこのやりとりを見守り、お仙の辞儀に合わせ板敷きに両手をついていた。

札ノ辻で、武家が相手ならお沙世よりお仙のほうがよかろうと、忠吾郎はこの人選をしたのだが、それはぴたりと当たった。これほどの大役は、青山家の腰元では無理であろう。お仙がこの場でのようすを忠吾郎や仁左、染谷、それに青山欽之庄に話せば、秋岡左八郎が何者かに嵌められようとしていることがまさしく確定的と判断されるだろう。しかしこの人選をお沙世が聞けば、下駄を鳴らして悔《くや》しがるかもしれない。

表門から舞、惣太郎、お仙、仁左が出て来た。見送りの者は秋岡家の中間一人である。

古着の竹馬のところでは登与が駈け出そうとしたが、ついていた腰元が、

「なりませぬ。旦那さまから言われておりますっ」

と、登与の袖《そで》をつかみ、宇平も竹馬を、

「ご免くださりましょう」

と、登与の前面をさえぎるように移動した。

秋岡屋敷の表門が開いているあいだ、挟箱持《はさみばこもち》を随えた武士が一人、風呂敷包みを抱えた中間が一人、行商人が二人ほど、門内をのぞきながら通ったが、あの小柄と右眉《まゆ》にほくろの中間は見られなかった。衣裳《いしょう》を変えていても染谷と玄八は顔を知っており、いたなら見落としはしない。

門を出た一行は、そば屋の屋台のほうへ向かった。その先には町駕籠が三挺待っている。二挺は舞と惣太郎で、もう一挺は登与のためである。その駕籠は屋敷の裏手をまわり、竹馬のところまで行くだろう。

三挺の駕籠はそれぞれに距離を取り、竹馬と屋台がそのあとにつづいた。仁左と染谷、玄八は周囲にあの中間二人が出張っていないか気を配ったが、見あたらなかった。途中、神楽坂下や市ケ谷八幡町など繁華な地を経たが、そこで見張っている目がないかどうか見極めるのは、この三人の熟練でも困難だ。あるいはこの一連の動きを、投げ文を投げこんだ者たちに、すでにいずれかから見られているかもしれない。

それでも用心を重ね、登与が惣太郎を抱きしめることができたのは、町駕籠三挺が青山屋敷の表門に入ってからだった。惣太郎に拐かされたとの認識のないのが、当人のためにも青山家のためにもさいわいだった。

陽はすでに落ちていた。

忠吾郎はお仙、宇平とそのまま田町札ノ辻に、ときおり竹馬を担ぐのを代わってやりながら帰った。

仁左は、

「あの二人の中間、放ってはおけやせん。あっしはまだ市ケ谷をぶらぶらしていまさあ」

言ったのへ染谷も、

「つき合うぜ、仁左どん」

と、屋台の玄八ともども八幡町の旅籠に引き返した。

むろん仁左は、青山欽之庄と向後《こうご》の打合せをしている。

仁左にとっては、僚輩の岩之助が切腹することになるかもしれない日まで、あと六日しかないのだ。

将軍家御用の金塊を抜き取り、秋岡左八郎を嵌めようとしている者がいるのは明確になった。だが、その背景を知らねば、事件の解決にはならない。その鍵を握っているのが、あの中間二人なのだ。

染谷は、奉行の榊原忠之から〝相州屋に合力《ごうりき》せよ〟と言われている。それは同時に、仁左に合力せよという意味である。仁左が隠れ徒目付と判っているからこそ、敢《あ》えて〝相州屋に〟と言わねばならないのだ。

このじれったさを、仁左も染谷も玄八も解している。だが、いずれもが口に出せない。忠吾郎も同様である。

その夜、八幡町の旅籠できょう未明からの疲れを、ひと風呂浴《あ》び癒《いや》してから仁左は染谷と玄八に言った。

「きょう得意先の青山さまの屋敷で聞いたのだがよ、こたびの金塊抜き取りで佐渡から運んで来た警護の組頭《くみがしら》ってのが、濡《ぬ》れ衣《ぎぬ》を着せられたか警護の不備を問われたかで、お城の牢《ろう》に閉じこめられているらしいのよ」

「ほう。誰でえ、それは」

と、染谷。

仁左は言う。

「そりゃあ、佐渡の侍《さむれえ》だろうよ。ともかくそのお人が、事件が解明されようがされまいが、将軍さんの手前切腹させられ、お上はそれで一件落着と言いつくろおうとしているらしいのよ。こんな理不尽な話があるかい」

「ほう、そりゃあ酷《ひで》えや。知らなんだなあ」

染谷が相槌《あいづち》を入れた。

「つまりよ、俺たちがいま奔走《ほんそう》しているのはよ、お上にそんな理不尽をさせねえようにすることにもなるんだぜ。こいつは大きな仕事だせ」

「ふむ、そういうことになるなあ。で、切腹の日は決まってるのかい」

「それが、今月の十六日らしい」

「えっ、あと六日しかありやせんぜ」

緊迫した声を上げたのは玄八だった。この三人のときは、わざわざ皺枯れ声などつくっていない。若い元気な声だ。

染谷も玄八も、その〝佐渡の侍〟と仁左との友情に似た話までは知らない。だが、仁左がこたびの件にことさら意をそそいでいる理由《わけ》の一端を、あらためて聞かされたような思いになった。

「助《す》けるぜ」

「あっしもでさあ」

染谷が言ったのへ、玄八も活気のある声でつないだ。

五

翌日、卯月《うづき》(四月)十一日だ。〝佐渡の侍〟の切腹まであと五日である。

朝から玄八が老けづくりをし、ふたたび市ケ谷御門に近い場所にそば屋の屋台を据えた。そこがつなぎの場であることは、きのう仁左こと大東仁左衛門が青山欽之庄に告げている。

仁左は背の道具箱に羅宇竹の音を立てながら八幡町一帯をながし、染谷は脇差一本を腰に帯び、八幡宮の長い石段を幾度か上り下りしてあの中間二人の影を追った。だが、成果はなかった。

陽が中天にかかったころ、仁左と染谷は玄八の屋台に落ち合い、

「俺たちゃあ、的外《まとはず》れの探索をしているのじゃねえかなあ」

「考えてみりゃあ、あの野郎たちのねぐらがこの近くなんざあり得ねえぜ」

と、そばを手繰りながら話し、

「おそらく」

と、玄八までが言ったところへ、

「あ、お三人さんおそろいで、ちょうどよございました。旦那さまがお城からいまお戻りで、きのうおいでの仁左さんへ、至急屋敷に、と」

青山屋敷の、すでに見知った中間が告げに来た。おととい、札ノ辻に来た中間だ。足が速いのだろう。

仁左も染谷も碗を持ったままである。玄八とともに顔を見合わせ、

「行って来なせえ。ここで待ってらあ」

「そうさせてもらうぜ。おう、中間さん。こんどは一緒だ」

「へえ。さあ」

と、染谷が言ったのへ仁左は返し、中間につづいた。

短い道のりだが中間に訊くと、おとといとおなじでお城へ出仕した欽之庄へ火急の用とかで用人が報せに行き、戻って来るなり、

「――市ケ谷御門外に、屋台のそば屋がつなぎの場として出ている。仁左はおまえも知っているはずだ。その者を至急これへ」

と命じられたという。だから中間は染谷もいるのを見て〝お三人おそろいで〟と言ったのだ。なにが出来《しゅったい》したのか、火急の用とはなにか、そこまでは中間も知らないようだ。知っていても外では言わないだろう。

裏門から羅宇竹の音を立て駈け込んだ。通りがかりの者が見れば、羅宇屋が武家屋敷に急いで呼ばれたように見えたことだろう。

きのうおとといのように、急いで奥の部屋に通された。拝命か報告のときのみ登城する隠れ徒目付が、ここ数日つづけざまの出仕になっている。それも青山屋敷のほうにである。

部屋の中はきのうと異なり奥方の登与はおらず、青山と仁左の二人だけだった。仁左は新たな緊張を覚えた。青山の顔にも、緊張と困惑の色が刷《は》かれている。

「また、いかに」

「ともかくそれへ」

言いながら端座に腰を据える仁左に、青山の声が重なった。

「きょう出仕し、さっそく百人番所に出ていた秋岡左八郎に、支配違いゆえ私的な用として本丸の目付部屋にお越し願った」

「して?」

仁左は上体をせり出した。

「秋岡左八郎も、きのうの出来事《しゅったいじ》はなにがなんだかわからぬ、惣太郎がまるで地から湧いたような、と」

「やはり」

「そこに嘘はない。おまえたちが見ていたのだからなあ。そこで誰かに恨《うら》まれ、嵌められるような覚えはないかと質《ただ》すと、答えは予想どおり……」

「覚えはない……と？」

「さよう。それも〝まったく〟とか〝いっこうに〟などと、くどいように強調するのだ」

「う一むむ」

仁左は首をかしげた。

同時に、青山の左手になにやら書状の握られているのが気になった。

青山はつづけた。

「そなたもみょうに思うだろう」

「むろん」

「そこで、きのうの投げ文を見せたのだ。惣太郎の所在を示した、あれだ」

「で？」

「秋岡め、首をかしげおった」

「身に覚えが？」

「いや、そうではない。拐かしについて秋岡に覚えのないのは、すでにわかっていることだ。だからその文面に、わざわざ首をかしげることはあるまい」

「と、申されますと？」

「俺が思うに、秋岡は文面よりも、その筆跡に首をかしげたのではないか、と。やつは文をしばらく喰《く》い入るように見つめておったでのう。しかも視線が、文面を追うようには動いておらなんだ」

「ならば、やはり筆跡を……？」

そこに気づいたのはさすがに目付であり、それをすぐに解したのもさすが隠れ徒目付である。

「さよう。秋岡左八郎はその筆跡に見覚えがある……と、俺は判断した」

「して、誰の筆跡にございましょうや」

「それが判らぬ。ただ言えるのは、秋岡左八郎にまったく身に覚えはないとはいえぬようだということだ」

「………」

「それに、いまそなたを火急に呼んだは、さようなことを告げるためだけではない。これを見よ」

と、右手に握っていた書状を示した。

仁左は膝を前に進めて受け取り、開いた。

「これは！」

声を上げた。きのうの投げ文ではなかった。だが、仁左にもわかる、きのうとおなじ筆跡である。

仁左が声を上げたのは、その筆の運びではない。

——秋岡邸の縁の下を探られよ。されば抜き盗《と》られし金塊、見ゆるべし
それだけではなかった。秋岡家の百五十石でそう広くもない屋敷の絵図面まで描かれ、一カ所に×印がつけられていた。裏庭の物置に近い母屋の一画だ。縁側の下をすこし奥に入った箇所で、この図面に間違いがなければ灯りがなくても手さぐりだけで容易に見つけ出せそうな位置である。

「どうだ、仁左衛門。おぬしはあの屋敷に一度忍びこんでいる。この図面に相違はないか」

「入ったと申しましても、裏庭だけでございますが」

仁左は前置きした。だが、裏庭で朝を迎えており、屋敷の裏手の配置は目にし

ている。その上に惣太郎を迎えに行ったとき、それも明るいうちに表門を入り、玄関前に片膝をつき、その配置を観察している。百五十石取りの広くはない屋敷である。全体像を掌握《しょうあく》するのに困難はない。

「小石川同心町の秋岡屋敷に、相違なきかと思います」

「ふむ」

青山はうなずき、

「これで金塊の件は、何者かが是が非でも秋岡左八郎を陥《おとしい》れようとしていることに相違なくなったな」

「御意」

「で、そこにあるという金塊、いついかように持ちこんだと推測するか」

「はっ」

仁左は返し、

「考えられるのは一つしかありませぬ。まず、当初より忍ばせていたとは思えませぬ。もしそうなら、あの中間二人の慮外者は、惣太郎さまをわざわざ拐かしもうしあげ、その所在を知らせて来るなど、面倒なことはしますまい。青山さまの采配《さいはい》で事態はおもてにならず、粛々と終焉《しゅうえん》しましてございます。よってその策は、慮外者どもにとっては失敗でございました」

「ふむ。それで第二の策として、金塊を秋岡屋敷の縁の下に忍ばせ、それを俺に見つけさせ、天下の大事《おおごと》にしようと謀《はか》ったか」

「御意」

「ならばその慮外者どもは、そなたらが惣太郎を秋山屋敷より連れ帰る場を見ていたか、それともあとから気づいたかのいずれかになろう」

「はっ。恥ずかしながら、さようになります。あのとき表門の前を行商人らが幾人か通りましたが、そのいずれかも知れず、あるいはそうでなく、他所より観察していたかとも思われます」

「まあ、それは仕方なかろう。敵も然《さ》る者ということか。手強《てごわ》いぞ」

「そのようにございます。そやつらがふたたび秋岡屋敷に忍び込み、金塊を縁の下に置いたのは、失敗を覚《さと》った昨夜のことと思われます。予測できず、見張っていなかったのは迂闊《うかつ》にございました」

「そやつらが金塊をそのように使うとまでは、俺も想像できなかった。敵は相当焦っておるぞ。相州屋の仲間たちもおろう。今宵《こよい》にも金塊を確かめるのだ。岩之助を切腹から救うためにもなあ」

「ははーっ」

青山欽之庄もやはり、親野岩之助の身を気にかけている。

「あのう……」

と、仁左は言いにくそうに問いを入れた。

「秋岡左八郎どのにはこのことを……」

「屋敷に急ぎ戻って知ったのだ。まだ話しておらん」

「しばらくは話されぬほうがよいかと……」

「そうよのう。そのほうがよいかも知れぬ。そうすることにしよう」

青山欽之庄は応え、そのまま続けた。

「上様の評定所御成まであと五日しかない。俺はこれより再度出仕し、百人番所を支配なさる若年寄の内藤紀伊守《ないとうきいのかみ》さまに、秋岡左八郎にこたびの件と係り合うような事象がなかったかどうかを確かめて来る。きょう夕刻に、再度ここに来よ。判ったことがあれば知らせるゆえ」

「ははっ。お願いいたしまする」

仁左こと大東仁左衛門は、ふたたび両の拳を畳についた。

六

八幡町の市ケ谷御門前では、なおも玄八が屋台を出し、染谷がすぐ横の茶店の縁台に腰を据え、仁左の帰りを待っていた。

陽は西の空にかたむきかけている。

「おぉ、帰《けえ》って来やしたぜ」

と、玄八が茶汲み女たちの黄色い声に混じって、縁台の染谷に皺枯《しわが》れ声を投げた。

「どれ」

染谷は湯飲みを持ったまま立った。

人の行き交うなかに、羅宇竹の音が聞こえて来た。

仁左は屋台に近づき、

「大事《でえじ》な話がある。ここじゃなんだ」

と、八幡町の常店のならぶほうをあごでしゃくった。

(旅籠に戻り、じっくり話してえ)

言っているのだ。

「いいともよ」

「へいっ、お待ちを」

染谷は返し、玄八はついたばかりの客にそばをゆがきはじめた。

仁左と染谷はまた町場をぶらりとながし、それぞれに旅籠の暖簾《のれん》をくぐったのと、玄八が客の絶えるのを待って戻って来たのがほとんど同時だった。旅籠の女将は、

「ご苦労さんでございます」

羅宇屋にそば屋に遊び人の三人連れに辞を低くしている。

「――あまり気を遣《つか》わねえでくれ」

と、染谷は言っているが、最初に十手を見せられたのでは気を遣わざるを得ない。亭主もことさら低姿勢である。土地に巣喰《すく》い密着している顔役どもを探索しているのではなさそうなことが、亭主や女将に安堵感を与えていた。

奥の部屋に三人は膝をそろえた。

「得意先のお武家の話って、なんだったたい」

「そう、そのことよ。今宵またひと働きしなきゃならなくなったようだぜ」

と、染谷の待ちかねたような問いに仁左は〝得意先の武家屋敷〟に三通めの文《ふみ》がもたらされ、こんどはその内容が金塊の所在を示し、あるじが〝今宵にも確かめるのだ〟と言ったことなどを語った。

「向こうさん、いってえどこから見てやがった」

と、惣太郎を連れ戻るとき、表門の近くでそば屋の屋台を出していた玄八は悔しそうに言った。

「うーむ。敵も然《さ》る者だぜ」

染谷は、青山とおなじ言葉を洩《も》らした。

三人ともすでにその気になっている。今宵の忍び込みである。

「さあ。そうと決まれば、いまのうちに休んでおこうかい」

染谷が言い、三人はそのままごろりと横になり、掻巻《かいまき》をかぶった。この旅籠に入って以来、二日ほど三人は満足に眠りを得ていないのだ。

それでも夕刻近く仁左はむくりと起き上がり、仮寝《かりね》の二人に、

「それじゃ、ちょいと行ってくらあ」

声をかけ、旅籠を出た。〝得意先の武家屋敷〟のあるじが再度登城し、なにがしかの話を持って帰って来ることは、すでに二人に話している。

夕陽を受けながら、仁左は火除地横の青山屋敷に向かった。さすがにこのときは、羅宇屋の道具箱は旅籠に置いたままだった。

青山欽之庄は戻っていた。

奥の部屋である。青山はくつろいだ着ながし姿で言う。

「上様直々《じきじき》のお声がかりで栄達した男という以外、新しい話は聞き出せなんだわい。若年寄さまのところには、百五十石ばかりの旗本の話など、その程度にしか上がって来ぬのであろう」

「御意……かと」

「そこでだ、支配違いになるが、百人番所の直接の知り人に訊いてみた」

「いかに」

「答えはおなじだった」

「ということは……」

「秋岡左八郎はまったく身に覚えのないことで、何者かに濡《ぬ》れ衣《ぎぬ》を着せられようとしているのか、それとも……」

「………」

「左八郎自身になにか秘めたものがあり、それを何者かに暴《あば》かれようとしておるのか……」

「そのいずれかを知るにも、やはりあの中間二人を突きとめねば……」

「そういうことだ。御庭番も八州廻りも金塊の行方のみ追い、そこまでは考えが及んでおらん。上様の評定所御成まであと五日、心せよ」

「はーっ」

と、仁左は平伏した。青山欽之庄も仁左同様に、焦っているのだ。

部屋を退散しようとする仁左を、

「なあ、仁左衛門よ」

と、役向きを離れたような口調で呼びとめ、腰を上げた。一方は部屋で片方は廊下に足を置いている。このようなかたちの立ち話など、そこが城中ではなく青山の屋敷だからできることだろう。

「若年寄の内藤紀伊守さまなあ、秋岡左八郎の勲功とやらを知っておいでで、それに触れたくないごようすだった。なあに、あすまた訊いてみよう。百人番所にも直接の知り人は一人だけじゃないからなあ」

「よろしくお願いいたします。それも向後の探索に役立つと思いますゆえ」

青山はうなずき、仁左は会釈《えしゃく》し青山屋敷を出た。

八幡町の旅籠に戻ったとき、すでに陽は落ちていた。

部屋では染谷も玄八も起きて待っていた。

「どうだった。なにかわかったかい」

「ああ、すべて闇《やみ》の中ってえことだけわかったぜ」

染谷の問いに仁左は応え、青山欽之庄とのやりとりを披露した。青山が目付であることはすでに話しているものの、その屋敷をここでもやはり〝お得意の武家屋敷〟と表現しなければならない。染谷も玄八もその焦《じ》れったさは心得ている。

聞き終え、玄八が言った。

「ともかくあの中間二人は、策を練りなおし、かならず見つけ出しやしょう。そのめえに、今宵は秋岡屋敷の縁の下でやすね」

「そういうことになるなあ」

染谷が応えたのへ、仁左は無言のうなずきを入れた。

青山屋敷で見せられた絵図面は、仁左の頭の中に入っている。それを共有するため、女中に紙と筆を持って来させ、行灯《あんどん》の灯りを頼りに描いた。染谷も仁左も裏庭に入っており、表門からもその屋敷を観察している。

「ふむ、あそこか」

「まだ徳利門のままだといいんでやすがねえ」

染谷はうなずき、玄八は言った。

行灯の灯りのなかに、夕餉《ゆうげ》の膳が運ばれた。

あとは丑三《うしみ》ツ時《つどき》（およそ午前二時）まで寝るのみである。その時分に出かけることは、

「――夜明け前には戻って来るでな」

と、旅籠の亭主に話してある。

「――ご苦労さまでございます」

と、亭主は真剣な顔で言っていた。

その時が来た。

出るのは裏口からだ。

亭主は奉公人には話さず、みずから手燭《てしょく》を提《さ》げ待っていた。

「他言無用ぞ」

「は、はい。心得ております」

染谷が小声で言ったのへ、亭主は緊張したようすで応えた。

玄八は老けづくりをしていないが、手燭の灯りだけでは見分けはつかない。それでもやはり、動作だけは老けづくりを演じていた。

日付はすでに変わり、卯月十二日である。

七

外は満月に近く、夜道がかえって忍び走りに戸惑《とまど》うほど明るい。目立たぬ黒っぽい装束《しょうぞく》で走っていて、いずれで誰何《すいか》を受けようと柳営の徒目付に奉行所の同心とその岡っ引である。咎《とが》められることはない。

外濠に沿った往還に聞こえるのは水の音ばかりで、小石川の武家地に入ればさらに静かだった。

秋岡屋敷の裏手である。

玄八が板戸を押した。

「ん？　開きやせんぜ」

さすがはここ数日の騒動に、徳利門でも夜は小桟《こざる》を降ろしたようだ。だが押すたびにガタガタと板戸が鳴る。建てつけがあまりよくないようだ。

仁左が、

「これなら造作《ぞうさ》もねえ」

と、しゃがみこみながらふところから匕首《あいくち》を取り出し、切っ先を板戸の溝に刺し込んだ。技《わざ》を持った盗賊なら、これくらいはやってのけるだろう。隠れ徒目付ならなおさらである。これまでの仁左なら、染谷や玄八の前でこのような技は見せたくないところだが、以前に一度、染谷の前で釘一本で錠前を開けたことがある。それにくらべれば、立てつけの悪い板戸など朝めしまえだ。匕首の切っ先で板戸を溝から押し上げ、玄八の匕首も借り、その切っ先で小桟の場所を探り、

「開いたぜ」

押すと実際に開いた。

「さすがだなあ」

染谷が言い、身をかがめ中に入った。徳利はそのままぶら下がっている。昼間はやはり徳利門にしているのだろう。

三人にとって、秋岡屋敷の裏庭はすでに勝手知った他人の家である。染谷にも玄八にも、仁左の描いた絵図面は頭に刻《きざ》みこまれている。

裏庭に面し、雨戸の閉められた縁側に走り、縁の下にもぐりこんだ。そこまで

は月明かりもとどかない。

三人が横一列にならび、手さぐりで前に進んだ。

絵図面のとおりだった。

「ありやした。おっ、二本そろっておりやすぜ」

息だけの声を吐いたのは玄八だった。布袋《ぬのぶくろ》に延《の》べ棒が二本、およその目方と大きさからもそれが一本八十匁《もんめ》（三百グラム）のものであることがわかる。

「しっ」

染谷が叱声《しっせい》を吐いた。頭の上にかすかな足音が聞こえる。三人は動きを止め息を殺した。足音は近づき、頭上を過ぎた。

「いますこし」

仁左が言う。染谷と玄八は無言で従った。絵図面の配置から、廊下の先に厠《かわや》があるのは予測の範囲内だった。

足音が戻って来た。

来た方向に遠ざかる。

数呼吸の間を置き、三人は縁の下を出た。

裏庭を勝手門に走り、屋敷の外に立った。

板戸は自然に閉まり、小桟がコトリと落ちる音がした。もう開かない。仁左は匕首の切っ先を刺し込んでも、枠木の溝に傷をつけるようなヘマはしていない。秋岡屋敷の者は、今宵何者かに侵入されたことにも気づかないだろう。

屋敷をいくらか離れてから、布袋の中をあらためた。まぎれもなく八十匁の金の延べ棒二本が入っていた。

最初に見つけた手柄に、玄八がふたたび金塊をふところに収めた。

「へへ、お大尽《だいじん》になった気分ですぜ」

軽い冗談も出る。

急いだ。

三人が市ケ谷八幡町に戻ったのは、東の空が明るみかけた時分だった。朝の物売りはまだ出ていない。旅籠の裏手の勝手口は、染谷が亭主に言っておいたとおり閉まってはいなかった。

三人はこのあとのこともすでに話し合っている。

旅籠の裏手で仁左は玄八から布袋を受け取ると、

「部屋で待っていてくれ。すぐ戻って来る」

と、その場を離れた。青山屋敷に向かったのだ。

染谷と玄八は部屋に戻った。

すぐ近くで急ぐ必要もないのに、気が逸《はや》る。あと四日しかないせいか、速足《はやあし》になった。

火除地を過ぎ青山屋敷の裏門を叩いたとき、日の出はまだだがあたりは明るくなりはじめていた。

屋敷でも心づもりはあったか、すぐに潜り戸が開き、顔なじみになっている中間が顔をのぞかせ、取り次ぐよりもそのまま中に招じ入れた。

ふたたび奥の部屋である。

「許せ」

と、青山欽之庄は夜着のまま出て来た。起こされたばかりのようだ。

「絵図面に記されたとおり、これにございます」

「どれ」

布袋にまだ土がいくらかついたままである。

——カチン

音を立てた。

「ふむ。間違いない。八十匁の金の延べ棒だ。その二本がいまここにある。板橋の鶴屋なる旅籠のかまどから出たのは、三本のうちの一本であろう」

「御意」

と、二人は端座で向かい合っている。

仁左は言った。

「で、青山さまはこれをいかがなさいます」

「それよ、考えておった。暫時《ざんじ》、この屋敷に置いておく」

「えっ」

「案ずるな。秋岡左八郎はなにも気づいておるまい。秋岡もきょうは百人番所に出仕するはずだ。俺も出仕し、このことは伏せ、質《ただ》してみよう。そのうえできのうも言ったとおり、秋岡の勲功とやらをあらためて調べておく。日が迫っておる。一刻も早く解決せねばならぬ。あすではない、きょうだ。午前《ひるまえ》にそなたも出仕せよ」

「はーっ」

仁左こと大東仁左衛門は、青山屋敷の畳に両の拳をついた。

きょう小石川の秋岡屋敷は、金塊を持ちこまれたことも、さらに持ち去られたことにも気づかず、なんらの騒ぎも起こらないだろう。仁左らはこたびも、まんまと慮外者どもの裏をかいたことになる。

（あの者ども、つぎはいかなる手を打つか。早く動け。俺も急いでおるのだ）

日の出を迎え、八幡町の旅籠に歩を踏みながら、胸中につぶやいた。

あと四日しかないのだ。

老中や若年寄が親野岩之助の切腹を決めたなら、それを岩之助に伝え、検分するのは目付の役務である。青山欽之庄が、それを命じられるだろう。

三　家斉《いえなり》将軍

一

日の出の時分には、市ケ谷八幡町の旅籠でも街道の宿場町とおなじように、朝早くに出立《しゅったつ》する客は多い。

そこへ仁左は裏手からそっと入った。染谷と玄八は仮寝をしていたが、物音を聞くとはね起きた。早く結果を知りたいのだ。

部屋で三《み》つ鼎《がなえ》にあぐらを組むなり、

「おもしろうなったぜ。得意先の旦那がよ、あの延べ棒二本をしばらく預かり、秋岡屋敷をこっちから嵌《は》めて、慮外者《りょがいもの》二人をおびき出そうってえ魂胆《こんたん》さ」

仁左が青山欽之庄の策を話すと染谷が、

「なるほど、秋岡屋敷じゃ、てめえっ家《ち》の縁の下の動きなんざまったく気づいちゃいねえ。慮外者の二人はなんの騒ぎも起こらねえのを不思議に思い、またなにか仕掛けて来る。こんどこそ、そやつらの正体を突きとめようってえことだな」

「そのお得意先の旦那ってのは、つまり、その、お城のお目付さまってえことでやすね」

玄八が念を押すように言ったのへ、仁左は無言のうなずきを見せた。

話は進んだ。

慮外者二人はきょうあたり、小石川の秋岡屋敷へようすはどうかと物見《ものみ》に出向くはずである。屋台を小石川に移すか、それとも神楽坂下あたりで見張るか、三人は話し合った。

「この旅籠の亭主も女将も合力《ごうりき》してくれており、羅宇屋の〝得意先のお屋敷〟にも近いことだし、相州屋もここならわかりやすいだろう」

との判断から、引き続きこの市ケ谷八幡町の旅籠を拠点に葦簀《よしず》張りの茶店にならんで屋台を出すことに決めた。

それに、

「あの小柄な男と右眉《まゆ》にほくろの男が、いつも中間《ちゆうげん》姿とは限りやせんぜ」

玄八が言ったのへ、仁左も染谷も肯是《こうぜ》のうなずきを示した。三人とも、あの中間二人組がいかように変装していようと、面相は僊《しか》と見ている。

話が決まったところで仁左が、

「俺はこのあと、ひと眠りしてからちょいともう一件のお得意さんをまわらなきゃならねえのだ。なあに、そこの市ケ谷御門の内側へちょいと入《へえ》ったところさ。午過《ひるす》ぎには帰《けえ》って来らあ」

染谷も玄八も、その行き先が城内でも本丸の日付部屋であることを承知している。仁左もそれを裏付けるように、

「そこも大《てえ》したお屋敷でよ、こたびの件に新たな話が得られるかも知れねえ。楽しみにしていてくんねえ」

「期待してるぜ」

「あっしもで」

染谷が返したのへ玄八もつづけた。

まだ日の出を迎えたばかりである。染谷と玄八は、

「すまねえ」

と、また搔巻《かいまき》をかぶり、しばしの仮眠に入った。

仁左もそれにつづいた。

いまも八州廻りと火盗改が、残りの延べ棒二本を必死に探索している。それを仁左と染谷と玄八は手にし、いまの所在も知っている。三人とも口には出さないが、胸中に愉快《ゆかい》を感じている。疲れていても、気分は爽快《そうかい》だった。奥の部屋をとっているので、以前の玄関近くと違って環境は静かだった。だからといってさすがはこの三人で、熟睡してしまうことはなかった。陽が東の空にかなり高くなった時分に目を覚まし、遊び人と羅宇屋と老けたそば屋になって旅籠を出た。

このしばらくあとである。仁左はどこで衣裳《いしょう》を整えたか、羽織袴《はおりはかま》の二本差で髷も結いなおし、百人番所の前の上り坂を、

(待ってろよ、岩之助。こんどは俺がおめえの命を救ってやるぜ)

胸中に念じながら、本丸御殿の正面玄関に向かった。

青山欽之庄は珍しく目付部屋を不在にしていた。聞けば城内にいて、けさ出仕するなり忙しそうにあちこち出向いているとのことだった。その用向きを仁左は知っている。いましがた通り過ぎた百人番所へ出向いているなら、緒について

行きたいところだ。だが、それは許されない。

　さほど待つこともなかった。仁左こと大東仁左衛門は、目付部屋で青山欽之庄と対座した。

「ちょうどいいところに来た。いま若年寄の内藤紀伊守さまに再度直談判し、百人番所にも行って裏付けを取って来た」

「はっ」

　内藤紀伊守は青山の強引さに根負けしたようだ。

　青山は言う。

「秋岡左八郎の勲功《くんこう》がわかったぞ。なかなかのものだ」

「いかように」

　仁左は上体をせり出した。

「いまから三年まえだ。上様（家斉《いえなり》）の十一番目の姫が浅姫《あさひめ》さまと申され、越前《えちぜん》の福井《ふくい》藩松平《まつだいら》家の若君斉承《なりつぐ》さまとの縁組が成った」

「はあ」

　と、仁左が頓狂《とんきょう》な返事をしたのは、家斉将軍は生涯に十六人の妻妾《さいしょう》を持ち、生まれた若君や姫が五十三人というから、幕閣も大名も、いちいちその名を覚えていない。旗本、御家人、庶民にいたっては数さえ正確には知らない。

「──ともかく絶倫の公方《くぼう》さまよ」

と、ささやき、鼻の下の長い男どもは、

「──あやかりてえ、あやかりてえ」

などと言っている。

戯言《ざれごと》ですませられる者はそれでいい。幕閣は翻弄《ほんろう》されていた。若君や姫が夭折《ようせつ》せずすべてが成人したわけではないが、ともかく数が多い。それらの縁組がひと苦労である。婿《むこ》に出すにも輿入《こしい》れさせるにも莫大《ばくだい》な費用がかかり、幕府財政を圧迫し、受け入れる側も苦しい藩財政のなかから大きな費消《ひしょう》を強いられる。むろんそれによって領地の加増や役務の減免などの恩典もあるが、その分だけ圧迫を受ける大名家が出る。

当然ながら、婿取りや輿入れに白羽の矢が立った大名家では受入れ派と遠慮派が喧喧諤諤《けんけんがくがく》と藩論を二分し、あるいは勢力争いとなり、ときには流血の騒ぎにも発展する。

「そのとき、すなわち三年まえのことだが、福井藩でもそれがあった。相互に仕掛けた暗殺や毒殺も一件や二件ではなかったらしい」

「さほどに激しく……」

「そのようだ。なにぶん福井藩といえば三十万石を超える大藩だ。さようなところで将軍家の姫を迎えるのに、流血の騒ぎがあったなどのうわさが立てば、将軍家の権威に瑕《きず》がつこうよ」

「御意」

「そこで真相を探るべく、若年寄さまの差配で、百人番所の御庭番から遠国《おんごく》御用に三人の者が発《た》った」

「公儀隠密でございますね。御駕籠台下《おかごだいした》で上様から御直《おじき》に」

「さよう」

「それが秋岡左八郎どのであった、と？」

「さき走るな。話は最後まで聞け」

「ははっ」

仁左は恐縮の態《てい》になり、威儀を正した。

青山の言葉はつづいた。

「第一陣は柴山源六郎《しばやまげんろくろう》というてな、御家人だったが有能で、俺とは顔見知りだった。単身、福井に入った。現地では実際、聞きしに勝《まさ》る争闘が展開されておったそうだ。そこで源六郎は江戸おもてに援軍を求め、それによって組頭《くみがしら》として二人の配下をともない、出向いたのが秋岡左八郎だった」

「………」

仁左は声もなく、上体を前にかたむけた。

青山はつづけた。

「源六郎が探索をしておったときは、まさに福井藩は受入れ派と遠慮派に割れ、勢力争いとなって闇討《やみう》ちや毒殺なども数件あったそうだ。源六郎が応援を求めて来たのは、適切だったといえよう」

「まさしく」

仁左はさきを急《せ》かした。秋岡左八郎が気になるのだ。

青山は声を落とした。

「藩としてはさようなことがおもてになれば、浅姫さまのお輿入れどころか、藩そのものがお取り潰《つぶ》しになるやもしれぬ。源六郎はその実情を書状にしていたらしいが、素性《すじょう》が露顕《ろけん》したか何者かに殺害され、書状も奪われたらしい。これは福井藩士から、内藤紀伊守さまのご配下が秘《ひそ》かに聞き出したことらしい」

「さすが紀伊守さま。で、秋岡左八郎どのはいかに」

仁左は待ち切れず、問いを入れた。

青山の低い声はつづいた。

「そなたも知っていようが、公儀隠密がいずれで殺害されようが、隠密を出したこと自体が秘事ゆえ、殺した対手《あいて》を糾弾《きゅうだん》するようなことはない」

「…………」

「秋岡左八郎たちが福井に入ったころ事態は沈静化し、受入れ派が藩論を掌握《しょうあく》するところとなっていたらしい。だから源六郎らを殺害したのは、藩論を統一したあとの受入れ派だったかもしれぬ」

「…………」

「さよう。入って来た秋岡左八郎らが見たのは、浅姫さまの江戸藩邸への輿入れを慶事《けいじ》とする藩士や領民のようすだけだったということになる」

「それがなにゆえ勲功に？」

「領内で襲われたのだ」

「えっ」

「源六郎たちのこともあり、藩では警戒しておったのだろう。そこへ入って行ったものだから逆に素性を探られ、源六郎の探索の一端が伝わっているかも知れぬと疑われ……」

「慶事に暗殺や毒殺があったとなれば、藩には都合悪いゆえ……?」

「そのとおり。それで斬り抜けて帰って来たのは、秋岡左八郎一人だった」

「………」

「御駕籠台下での上様への直答《じきとう》の内容は察しがつこう。もちろん、配下が殺されたことなどは報告せぬわ。上様はたいそうお喜びになられたそうだ。したが、若年寄の内藤紀伊守さまへの報告書では、配下二人が殺され、みずからもあわやというところまで追いつめられたとあったそうな。襲ったのは不明としながらも、少数の遠慮派の者と思われる、と認《したた》められていたらしい」

「それだけで上様のお声がかりで御家人から旗本へ？　ならば私も御家人の身分でございますが、とっくに数百石の旗本になっているのでは」

「許せ、こればかりはどうもな。話はまだあるのだ」

「はあ」

「紀伊守さまへの報告書に、ご公儀に殉《じゅん》じた三人の家名が存続できるよう、特別の計《はか》らいを願うとの嘆願《たんがん》が記《しる》されていたのだ」

「ええぇ！」

と、仁左が驚いたのは無理もない。徒目付でも役務の報告書に嘆願や要望などを書き込むなどあり得ないのだ。まして御庭番の遠国御用となれば、なおさらであろう。

「それが逆に評判になり、上様のお耳にも達したのだ。上様は〝あのときの御庭番〟に気をよくされ、御側御用取次《おそばごようとりつぎ》をへて、紀伊守さまに〝よきに計らえ〟と申されたそうな」

「それで旗本にご列席ですか。殉職のお三方には、いかような計らいが……」

「三名の家督と役務は、源六郎は息子が、二人の配下は嫡子《ちゃくし》がおらず、片方は娘婿《むすめむこ》になる者が、もう一人は甥《おい》が継ぐことになり、家には過分《かぶん》の報奨金《ほうしょうきん》まで出た。それで秋岡左八郎の僚輩思いは評判になったそうな」

「それはそれは」

「で、浅姫さまだが、去年の冬、福井藩松平家の江戸屋敷に無事お輿入れなされた。ちなみに斉承《なりつぐ》さまは御年《おんとし》九歳、浅姫さまは十七歳であらせられた」

「はあ」

また仁左は頓狂な声を上げたが、珍しいことではない。

「そうそう、忘れるところだった」

「こたびの時期外れの延べ棒二百本、四箱で百斤《きん》（六十キログラム）の江戸搬入だが、浅姫さまのお輿入れへの費消ばかりではなかろうが、お城の石垣や城門修繕、城下の橋普請《ふしん》などに支障を来《きた》してのう。それを補《おぎな》うための緊急措置だったらしいのだ」

「まだ、なにか」

語ると青山は歎息《たんそく》した。どうやら浅姫や次にひかえている若君や姫君に費消する金子《きんす》が、幕府財政を相当に圧迫しているようだ。

「巷《ちまた》では、公方さまの絶倫ぶりが、……おっと、これは失礼いたしました」

「よいよい、この部屋では他に聞いている者はおらぬゆえ」

「はっ。ともかくこたびの話、全容を知るのにきわめて参考になりましてございます」

と、仁左は端座《たんざ》から上げようとした腰をまた戻し、

「そうそう、私も忘れるところでした。あくまでも念のためですが、殉職なされたのは柴山源六郎どのとあと二名、それらの名と年格好は判《わか》りませぬか」

「ふむ、弔《とむら》いでもするか。そなたもいつも危険に身をさらしておるでなあ。公儀に殉じた御庭番二人の名と年格好だな。百人番所に訊けばすぐ判ろう」

といっても、目付がふらりと百人番所に顔を出し訊けるわけではない。相応の手順を経なければならない。青山はきょう出仕するなり、その手順を踏んだのだろう。

青山は仁左こと大東仁左衛門の問いに感じるものがあったか、

「きょう中に訊いておこう。どこへ知らせればよい。札ノ辻の相州屋か。なにぶん上様の御成まであと四日しかないゆえなあ」

「はっ。私が不在なれば、あるじの忠吾郎なる者に。忠吾郎も不在なれば、寄子宿にいるお仙か向かいの茶店のお沙世なる女性《にょしょう》に。二人とも、いつも私のよき手足になってくれておりまするゆえ」

「ふふ、おぬしもなかなかの者、相分《あいわ》かった。そうそう……」

と、きょうは青山も仁左も〝そうそう〟が多い。それだけ二人とも急《せ》いているのだ。青山は言った。

「八州廻りも火盗改も、いまなお中山道から北国街道まで人を出し、あの延べ棒を探索しておる。ふふふ。俺はまだなにも言っておらん。あやつらの手にかかれば、岩之助を救う手立てが見いだせなくなるかも知れぬでのう。あと四日。任せるぞ、そなたに」

「ははーっ」

仁左は両の拳《こぶし》を畳についた。

見つけ出した金の延べ棒を自邸に保管しているなど、青山欽之庄もきわめて危ない橋を渡っていることになる。

仁左こと大東仁左衛門は百人番所の前の坂道を下りながら、

(こうなれば、青山さまを窮地《きゅうち》に立たせるわけにはいかぬ。もう一蓮托生《いちれんたくしょう》だ。待ってろよ、岩之助)

その名を叫びたい衝動を抑え、仁左は胸中に念じた。

二

羅宇屋に戻った仁左は市ケ谷御門の橋に歩を入れるなり、ハタと思いついた。

八州廻りも火盗改も、いまなお中山道から北国街道に走っている。

(ならば、江戸府内とあの二人組の探索は町奉行所と染谷どんたちに任せ、俺は一日だけでよい。中山道で最も近場の板橋を。原点に戻り、急がばまわれだ)

胸中に決した。

陽はすでに中天に近づいている。橋を渡り切れば八幡町で、茶汲み女たちの声が聞こえて来る。そこに羅宇竹の音を混じらせ、

「おう、出てるな」

つぶやいたのへ、

「羅宇屋さん、どうでえ。一杯《いっぺえ》手繰《たぐ》って行きやせんかい」

皺枯《しわが》れた声は玄八だった。見ると横の茶店の縁台に染谷ではなく、お仙が座っている。ということは……出ていた。すこし離れたところに、古着売りの竹馬。

「どうしたい」

近づくと、

「まずは一杯」

玄八がそばを湯がきながら言う。

羅宇屋の仁左が市ケ谷御門に入り、玄八がこの場に屋台を据《す》え、染谷が茶店の縁台に座り茶を飲み始めてしばらく経てからだったという。八幡町の広小路のような往還《おうかん》を、

「あの二人組が通りかかったんでさあ。四ツ谷のほうから神楽坂下の牛込御門のほうへ。中間姿じゃござんせん。小柄なほうは手拭《てぬぐい》を吉原かぶりにした町人姿

で、右眉にほくろのほうは腰切半纏《こしきりばんてん》を三尺帯で決めた職人姿でさあ」

いかに身なりを変えようが、玄八も染谷も面《つら》を慥《しか》と見ている。見落とすはずはない。牛込御門のほうへ向かったのなら、行き先も目的もわかる。小石川同心町の秋岡屋敷へ、青山欽之庄が徒目付を引き連れ打込んでいないかどうかを確認するためであろう。

「あっしはここで、仁左どんのつなぎを待たにゃなりやせん。染谷の旦那が確かめるためあとを尾《つ》けやした。そこへお仙さんと宇平どんが、また竹馬を担《かつ》いで来たんでさあ」

「はい。わたくしは忠吾郎旦那から、きょうも仁左さんたちに合力してやってくれと頼まれ、それで宇平と一緒に来たのです」

お仙が縁台から立ち上がり近づいて言う。

ちょうどよかった。これから事態がどう展開しようが、仁左は板橋へ行くことに決している。物見の手の少なくなることを心配していたところだったのだ。

「へえ、忠吾郎旦那はどういうわけか、こたびは人使いが荒《あろ》うございます」

脇から宇平が愚痴《ぐち》るように言った。

いまごろあの二人組は秋岡屋敷の周辺をながし、拐《かどわ》かしのときにつづき、何事も起こっていないことに首をかしげていることだろう。不思議に思いながらまた戻って来るはずだ。こんどこそねぐらを突きとめる絶好の機会である。それは四ツ谷御門の方向ということになる。

（どうする）

仁左は迷ったが、やはり一度原点に戻るため、板橋へ向かうことにした。二人組を尾けるにも、一人が札ノ辻へ帰り忠吾郎に仁左の言付《ことづ》けを伝えるにも、四人もそろっておればなんとかやりくりがつきそうだ。二人組のねぐらを突きとめれば、染谷や玄八らはそのほうへ居場所を変えるかもしれない。

忠吾郎への言付けは、〝得意先の武家屋敷〟から、公儀に殉じた二人の名と風《ふう》貌《ぼう》を伝えに来た使者を受けることのみである。そのほかの金塊搬入の理由《わけ》や秋岡左八郎の勲功の内容などは、いま話さなくてもよいだろう。

「ともかく〝得意先の武家〟から相州屋へ、きょうあすにも俺あてにつなぎがあるはずだ。そのことを忠吾郎旦那に伝えておいてくんねえ。俺はこれから板橋をちょいとのぞきに行きてえんだ。どうもあそこが気になってなあ」

原点に戻るだけではない。八州廻りも火盗改も通り一遍の聞き込みだけで、あとは歯牙《しが》にもかけず競うように遠方へ手を伸ばしているのが、仁左には的外れの探索のように思えるのだ。

「あの二人組のことはおめえさんらに任さあ。板橋から戻るとまっさきに札ノ辻へ駈けこもうよ。おめえさんらの居場所がわかるようにしておいてくんねえ。そのときにこっちの首尾を聞こうじゃねえか」

告げると両手をうしろにまわし、道具箱をグイと押し上げ羅宇竹にカシャリと音を立て、

「じゃあ、頼んだぜ」

「あぁあ、そばがまだだぜ」

玄八が言ったとき、仁左はすでに屋台に背を向け、数歩離れていた。

「えっ、いったい」

と、お仙もあきれたような目で、音とともに遠ざかる道具箱の背を見つめていた。

自分で決めたことを、ともかく仁左は悔《く》いがないように、こなしておきたかったのだ。板橋に成果がなくても、染谷らが江戸府内でなんらかの手がかりを得ていてくれるだろう。

急いだ。牛込御門の先の船河原橋までは、きのうとおなじ外濠《そとぼり》に沿った往還

だ。そこからさらに北へ向かい、武家地や町家、畑地を経れば中山道に出る。急げば陽のあるうちに板橋の地を踏むことができよう。

仁左が急ぎ足で背の道具箱に音を立て、神田川に架かる船河原橋を渡り、近くの武家地に入ってすぐだった。その船河原橋を、手拭を吉原かぶりにした小柄な町人風体《ふうてい》の男と、腰切半纏の職人姿で右眉の上に大きなほくろのある男が牛込御門方向に渡った。その五間《けん》（およそ九米《メートル》）ほどうしろに、脇差を帯びた遊び人風の男が尾いていた。染谷だ。

二人組は小石川同心町へ、秋岡屋敷の縁の下へ金塊を忍ばせた首尾を確かめに行ったものの、徒目付たちの打込みはおろか、屋敷は静かな佇《たたず》まいのままで、なんらの騒ぎも起こっていなかった。

もちろん聞き込みも入れたことだろう。だがやはり、一帯はいつもの閑静な武家地で、野良犬の喧嘩《けんか》すら起こっていなかった。

『いったい、どういうことだ』

『わからん。まったくわからん』

おそらく二人組は交わしたことだろう。

引き揚げるしかなかった。

そのようすを、染谷が背後からつぶさに見ていた。

その二人がいましがた、仁左が渡ったばかりの船河原橋を、染谷を背に踏んだのだった。

二人組が来た方向に返しているのであれば、ふたたび市ケ谷御門外の八幡町を経るだろう。そこから尾行の人数が増える。

増えていた。尾けながら染谷は、屋台を担いだ玄八から、さきほど仁左が戻って来たことを聞かされた。仁左から忠吾郎への言付けもある。染谷は即座に段取を決めた。

「宇平どんよ、竹馬を担いで大変だろうが、仁左どんの言付けを持って札ノ辻へ戻ってくんねえ。あとは寄子宿の長屋で休んでいていいぜ」

染谷は言ったが、二人組は外濠に沿った往還を四ツ谷御門の方向に歩を取っている。しばらく宇平は竹馬を担ぎ、一行と一緒だった。田町の札ノ辻へは、四ツ谷御門前からさらに外濠に沿った往還を南へ進むことになる。

その四ツ谷御門前で、宇平は一行と別れた。

西から延びて来た広い往還が、四ツ谷御門近くの外濠にぶつかり、大きな丁字路のかたちになっている。甲州《こうしゅう》街道だ。そこに二人組は歩を入れたのだ。遊び人の染谷、そば屋の屋台を担いだ玄八、町娘か武家娘か見分けのつかないお仙の三人が、ときおり前後を交替しながら二人組を尾けた。差配は染谷で、従うのは玄八とお仙だ。二人組がいかなる人物であろうと、気づかれることはあるまい。

そのまま甲州街道を西へ進めば、四ツ谷大木戸《おおきど》がある。江戸府内はそこまでで、大木戸を抜ければ甲州街道最初の宿場となる内藤新宿《ないとうしんじゅく》だ。

三

仁左の足が羅宇竹の音とともに板橋宿に入ったのは、陽が西の空に大きくかたむいた時分だった。宿《しゅく》の街並みは十五丁（およそ一・六粁《キロ》）ほどで、街並みのなかほどを石神井川《しゃくじいがわ》がながれ、そこに架かる橋を板橋といい、それがそのまま地名にもなった。旅籠をはじめ大小さまざまな商《あきな》いの商舗《みせ》を含め、四百軒ほどの民家が軒をならべている。

石神井川の流れに沿っていくつかの鮎《あゆ》料理を食べさせる料理屋のならんでいるのが、板橋宿の特徴である。かわら版の嘉平、逸平、新平の平家三人衆が上がっていたのがそのなかの一軒で、広い板敷きの入れ込みの間から、金塊の出た鶴屋の玄関が見える位置にある。

その鶴屋の前に、いま羅宇屋の仁左は立っている。となりは両替商で、分銅《ふんどう》をかたどった厚い板の看板に〝鳴海屋《なるみや》〟の文字が彫《ほ》られている。

「よし」

腹に力を入れ、鶴屋の出女《でおんな》が、

「羅宇屋さんかね。いまからお江戸に入りなさんしたら、夜中になってしまいますよ。部屋ならまだ空いてますから」

「いや、江戸から出て来たのだ。それに、悪いなあ。わしゃ、ぜいたくはできんで。近くに木賃宿《きちんやど》などござんせんかい」

客引きの声をかけたのへ逆問いを入れた。

出女は面倒がらず、

「それなら、ほら。そこの鳴海屋さんとこの枝道を入ると質屋さんがあって、その路地を入ったところが木賃宿さね」

と、親切に教えてくれた。年増《としま》の丸顔の女だった。

「へい。ご親切に、どうも」

仁左は羅宇竹にカシャリと音を立てて辞儀をし、女に言われた枝道に入ると確かに質屋があり、軒端《のきば》に、丸に質の文字の下に〝鳴海屋〟と墨書された小さな木看板がぶら下がっている。

（そうかい。おもて通りが両替屋で、裏手は質屋って寸法かい）

思いながら路地に入るとすぐ空き地があり、手入れのされていない裏庭のようでもある。そこに面して確かに木賃宿があった。

木賃宿とは素泊まりの宿屋で、客は自炊《じすい》し、薪代《まきだい》を払うので木賃宿という。客筋はおもに行商人や遠出の荷運び人足《にんそく》、日傭取《ひようとり》の男たちで、羅宇屋の仁左には、おもての旅籠よりこちらのほうが似合っている。

（これはいい）

仁左は胸中につぶやき、その木賃宿に入った。

空き地に木枠で囲った井戸があり、米をとぐのに石神井川まで行く必要はなさそうだ。炭小屋があるが旅籠の鶴屋のものらしい。その小屋にも木賃宿の板壁や質屋の鳴海屋の勝手口の外にも、薪が無造作に積まれている。幾人かが米をとぎ、裏手のかまどで炊《た》いていた。

米は持参していないので、晩めしは外へ食べに出ることにした。

鶴屋の裏手から年寄りの声が聞こえた。

「ありゃあ、薪がこれだけしかないんじゃ。お手代《てだい》さんに言って、買っておいてもらわんと」

空き地に出て来て、勝手口に向かって言っているようだ。確かに炭小屋の外に積まれた薪は、残り少なくなっている。旅籠なら風呂もあり、毎日費消する薪や炭は多いのだろう。

仁左は降ろしていた道具箱をすぐさま小脇にかかえ、裏庭に出てその年寄りに声をかけた。飯炊きの爺さんのようだ。

「ちょいと、忙しそうなところをすまねえ。あっしは江戸から来た羅宇屋でござんすが、鶴屋さんの旦那や番頭さん、お手代さんがたで、煙草《たばこ》をやりなさるお方はござんせんかい」

「ほう、江戸の羅宇屋さんかね。わしもやるが、羅宇竹が割れて難儀しているんじゃ。旦那さまも番頭さんもやりなさる。あしたの朝、一段落ついた時分に来なせえ。わしから話しておいてやるで」

と、薪を両手で抱え、勝手口に戻って行った。

夕餉《ゆうげ》の用意の忙しいときにもかかわらず、飯炊きの爺さんは親切に応対してくれた。表通りに出ていた女中といい、鶴屋の亭主や女将《おかみ》の人柄のよさが見えてくる。奉公人たちにもそれが沁《し》みこんでいるのだろう。なるほど金塊を見つけた女中もねこばばすることなく、すぐさまおもてにしたはずだ。

仁左は羅宇屋の仕事をきっかけに、金塊の出たときのようすを訊こうと思っていたのだが、あしたになれば存分に聞けそうだ。

（貴重な時間を割《さ》いて来たかいがあったわい）

思いながら表通りに出た。

陽が沈んだところで、街道の慌《あわ》ただしさはつづいており、さきほどの出女が他の同業に負けまいと、いっそう呼びこみの声を上げていた。

仕事のじゃまになってはいけないと、声をかけずそっと鶴屋の前を離れ、近くの一膳飯屋に入り、そのあと煮売酒屋《にうりざかや》にも入って軽く一杯ひっかけた。

はたして騒ぎではないものの、うわさは下火ではなかった。

その当日は旅籠に限らず、近在の百姓家でも一斉にかまどの灰をあさったそうな。土地の者らしい煮売酒屋の客が言っていた。

「え、出て来たかって？　福の神なんざ、そう幾度も舞い降りるかい」

「そう、うちのとなりの豆腐屋なんざ、手に固いものが触れるので見てみると、ひん曲がった焼け釘《くぎ》だったたってよ。ケガしなかっただけでもましだぜ」

翌朝、日の出前から木賃宿の玄関前の空き地、旅籠の鶴屋や両替商の鳴海屋には裏手になる井戸のまわりは、人が群れていた。鳴海屋の質屋は路地側にあってこの空き地には面していない。面しているのは、鶴屋も鳴海屋も勝手口である。だから軒端に薪が積んであるのだろう。

仁左も仲間に加わり、順番を待って顔を洗った。そのまま自炊の準備を始める者もおれば、大きな風呂敷包みを背に出て行く者もいる。

鶴屋の勝手口から飯炊きの爺さんや女中たちが、手拭を肩にかけ出て来た。

「おぉう、いたいた。わしもじゃが、番頭さんも羅宇竹のいいのがあれば新調したいと言ってなさったよ。もうすこし待っていねえ」

飯炊きの爺さんが言えば、

「あらあ、やっぱりここに泊まっていなさったんだねえ」

と、きのう出女をやっていた丸顔の女中もいた。

「へえ、さっそくご贔屓《ひいき》に与《あずか》れそうで。いいねぐらを教えていただきやした」

愛想《あいそ》よく返した。

顔を洗った飯炊きの爺さんが七厘《しちりん》で朝の火を熾《おこ》し、

「すまねえ、薪をちょいと借りるぜ。きょうまた薪運びが来るから、そのとき返さあ」

木賃宿の玄関に皺枯れ声を入れ、玄関わきの薪をひと束かかえて勝手口に戻って行った。

仁左にはそれを見てハッとするものがあった。

すかさず丸顔の女中に訊いた。

「いつものことですかい。ああいった薪や炭のやりとりさ」

「そりゃあ背中合わせですから。勝手に持って行って、勝手に返しておくこともありますよ。ほら、そこの鳴海屋さんも」

丸顔の女中が、鳴海屋の勝手口を手で示した。

日の出まえであり、旅籠の鶴屋とは違い、両替・質屋の鳴海屋からはまだ誰も出て来ていない。

（聞くまでもあるまい）

と、仁左は木賃宿の部屋に戻り、帰り支度にかかった。それほどに鶴屋の飯炊きの爺さんの存在と女中の話が、大きな収穫と思えたのだ。

金塊が出たのは鶴屋のかまどからだ。薪を二つに割って中をくりぬいて仕込んでいたのが、たまたま鶴屋のかまどで燃されてしまった……というのが、火盗改や八州廻りでなくても、誰もが想像したことである。だから火盗改も八州廻りもその線で探索したが、怪《あや》しむべき薪屋は見いだせなかった。だからいま、両者とも範囲を広げた探索を展開しているのだ。

しかし、金塊の仕込まれた薪は、鶴屋のものとは限らなくなった。裏の木賃宿か両替・質屋の鳴海屋にあったものかもしれないことが、ここに明らかになったのだ。

だが、木賃宿と鳴海屋の背景を探索するのは、仁左一人では無理だ。木賃宿にも鳴海屋にも、不特定多数の者が出入りしている。日数も経《た》っている。ここはひとまず江戸にとって返して青山欽之庄に話し、僚輩を幾人かまわしてもらう以外にない。

(岩之助を救うのに一歩近づいた)

帰り支度をしながら思われて来る。きょうは十三日。家斉将軍の評定所御成まであと三日である。いますぐ発ちたい。だが、鶴屋の飯炊きの爺さんと番頭の煙管《きせる》の羅宇竹をすげ替えなければならない。

（ともかく、それをすませてから）

旅籠の朝の喧騒《けんそう》が終わるのは日の出間もなくのころだ。それから取って返しても、陽のあるうちに幾人かの援軍とともに戻って来られる。江戸での探索は染谷がやってくれている。成果は上げているだろう。あしたにでも双方の結果を摺《す》り合わせれば、

（なんらかの手立ては引き出せるはず）

仁左は無理やり確信し、十三日の日の出を待った。

待つあいだに、木賃宿のおやじと話す機会を得た。

「ほう、お江戸でもそんなに評判になってたかい。そりゃあまあ、大変な騒ぎじゃったでなあ。木賃宿の泊まり客もすっかり浮足立ってしまい……、そうそう、みょうな客がいたなあ。金塊の出たその日さ。騒ぎのなかを、そこ《ここ》の質屋の薪を背負って帰った客が二人いた。こっちの薪にまでなにか入っていると思ったのかなあ。確かあの人ら、旅の鼠取《ねずみと》り売りと錠前直《じようまえなお》しだったたなあ」

（臭《にお》う、におうぞ）

仁左は問いを入れ、おやじは応《こた》えた。

「顔？　そうさなあ。常連でもない客の顔などいちいち覚えとらんが、鼠取りと錠前屋とは、みょうな取り合わせじゃったもんだからなあ。一人は小男で、もう一人はどっちかの眉毛の上に大きなほくろがあったなあ。小さいほうが確か、鼠取りじゃった。木賃宿《ここ》でもその鼠取りを買うたから覚えておる」

さらに訊いた。

「なんで質屋の薪を持って行ったかってかい。あの二人、質草の出し入れでもしていたのか、幾日か泊まっていたが、よう鳴海屋さんの勝手口に出入りしてたから、それで旅の用にと薪を譲ってもらったのかも知れないねえ。木賃宿の客は米を持参しても、薪まで背負ってるのは珍しい。いないわけじゃないが」

大収穫だ。あの二人組に間違いない。

気が逸《はや》る。

日の出のあと間もなく客を送り出し、いずれの旅籠もひと息つく時分となった。飯炊きの爺さんと番頭から聞く話は、

「そりゃあもう、大変なことでやしたから」

「いろんなお役人から、幾度もおなじことを訊かれましてなあ」

といった、当日の騒ぎのようすばかりだった。火盗改や八州廻りの探索同様、旅籠に怪しむべきところはなにもない。

鶴屋の女中や木賃宿のおやじの証言は、仁左のみの知るところである。

江戸へ取って返した。

中山道に速足を踏み、往来人がふり返るほど羅宇竹の音も大きくなった。

その音のなかに思われるのは、こたびの騒動の発端《ほったん》である。

(つまりは好色で絶倫な上様の、あと始末だったのじゃねえのかい)

――カシャカシャカシャカシャ

(若や姫は、まだまだおいでなさる。将軍さまが将軍家を喰《く》いつぶしなさるか。世も末だぜ、徳川さまの世がよう)

微禄《びろく》の御家人とはいえ、将軍家の禄を食《は》む者の思ってはならないことである。

だが、思われてくる。

カシャカシャの音とともに、市ケ谷八幡町の地を踏んだのは、陽が中天にかかるにはまだいくらか間のある時分だった。

そば屋の屋台が出ていない。染谷の姿も、来ていたお仙も宇平もいない。

仁左は、きのうのうちにあの二人組が市ケ谷へ戻って来て、四ツ谷御門のほうへ向かったのを、染谷と屋台を担いだ玄八、それにお仙の三人が尾け、そのことと仁左からの言付けを忠吾郎に告げるため、宇平が札ノ辻へ戻ったことをまだ知らない。

四

迷った。

(お城に急ぎ、青山さまに報告すべきか。このまま札ノ辻に走るか)

青山欽之庄はいま、江戸城本丸御殿の目付部屋に詰めている。

(染谷どんたちのことだ。忠吾郎旦那につなぎは取っていよう)

足は城内への市ケ谷御門橋ではなく、外濠に沿った往還を四ツ谷御門のほうに向かった。田町四丁目の相州屋に向かったのだ。

さらに羅宇竹の音を大きく響かせ、歩が札ノ辻を踏むなり、

「あらら、仁左さん！」

背の音にお沙世の声が重なった。

「おう。ここんところ、なんだかんだとあってなあ。こっちに変わったことはなかったかい」

青山からのつなぎがあったかもしれない。言いながら寄子宿への路地に入ろうとすると、

「ちょいとちょいと、待ってくださいな。変わったこと大ありなんですよう。お仙さんまで昨夜は帰って来なかったし」

前掛にたすき掛け姿で、手に空《から》の盆を持ったまま往還に飛び出して来た。

「あ、危ねえ」

走って来た町駕籠とぶつかりそうになったのへ仁左が声を投げ、お沙世は身軽にくるりとかわし、

「旦那はいま留守ですよう。朝早くに玄八さんが迎えに来て、一緒にお出かけです。宇平さんも一緒に、竹馬を担いで」

「なんだって。玄八どんがけさ帰《けえ》って来た？　で、そのあとどこへ」

「うふふ。近くでもなく、遠くでもなし」

「焦《じ》れってえぜ。こちとらあ急いでんだ」

路地の出入り口で仁左はつい声を荒らげた。お沙世にきつい語調をかぶせるな

ど、これまでなかったことだ。家斉将軍の評定所御成まで、あと三日なのだ。

「おお、恐《こわ》っ」

お沙世は大げさに驚いて見せ、

「さっき、ほら、ときどき仁左さんを訪ねて来る職人さん、また来ましてねえ」

「えっ、いつだ」

仁左はお沙世を睨《にら》むように見つめた。

これにはお沙世も戸惑《とまど》い、

「どうしたんですか、いったい。ここ幾日か、仁左さんだけじゃない。忠吾郎旦那も染谷さんも玄八さんも、なんだか落ち着きがないですよ。お仙さんも宇平さんも遠出ばかりしてるようだけど。いったいなんなんですか。はいはい、職人姿の人がこれを仁左さんに。それも最初に忠吾郎旦那を訪ねて不在だったから、お仙さんを名指し、そしてあたしに訊くんですよ。いないって応えると、あたしの名を訊き、ホッとしたように言付けをここに……」

帯に挟んでいた紙片を取り出した。来たのは仁左の同輩で、青山に話したとおりの訪ね方をしている。仁左は逸《はや》る心を抑え、紙片を受け取り開いた。

「その人ったら、誰かの名を二人も挙げるものですから、間違っちゃいけないと思い、筆と紙を出したらそこへ書いてくださり……。もちろん、口頭での言付けもありますよう」――

お沙世が言い終わったとき、仁左はすでに見終わっていた。二人の武士の名が書かれている。もちろん〝一読火中〟を示す、隠れ徒目付にだけ判《わか》る符号も記《しる》されている。

――山辺《やまべ》小十郎《こじゅうろう》、大久保《おおくぼ》又四郎《またしろう》

まだ二人は、路地の出入り口に立ったままである。

仁左はお沙世の背を路地の奥へ押し、

「で、言付けは！」

「んもう」

お沙世は不満そうに鼻を鳴らし、

「山辺さんは名のとおり小柄で敏捷《びんしょう》なんですって。大久保さんは中肉中背で、右眉の上に大きなほくろがある、ですって」

「ううう」――

仁左はうなった。もう間違いない。

板橋宿からの道中に幾度も反芻《はんすう》した思いと、お沙世が受けた青山欽之庄からの知らせをすり合わせた。

金の延べ棒三本を抜き取ったのは山辺小十郎と大久保又四郎であり、鼠取り売りが山辺であり、錠前直しが大久保であろう。二人は延べ棒を薪雑棒《まきざっぽう》に仕込み、両替商の鳴海屋の裏手でもある、あの空き地に無造作に積んだ。そこに鳴海屋が係《かか》り合《あ》っていたかどうかは判らないが、見事な擬装《ぎそう》である。

だが、あの空き地に積まれた薪を、木賃宿と鶴屋と鳴海屋が互いに融通しあっていることまで、二人は気づかなかった。鳴海屋のひと束を鶴屋の飯炊きの爺さんが拝借し、それをかまどにくべた。木賃宿に投宿していた二人は驚き、残りの薪束を背負って江戸に入った。そこに金の延べ棒を仕込んでいたのだろう。

そのときたまたま鮎料理を目当てに板橋に来ていた平家三人衆が、江戸でかわら版にし事件は広まった。

そこから派生したのが、青山家の長子惣太郎の拐かしを含む、小石川同心町の秋岡屋敷を舞台にした不可解な事件であろう。

(見えてきた、見えてきたぞ)

頭を回転させながら仁左は胸中につぶやいた。

さらに脳裡《のうり》は動く。

染谷たちが市ケ谷八幡町にいなかったということは、二人組を見つけ、あとを追ったのに相違ない。そのつなぎがけさ相州屋にあって、忠吾郎もそこへ出向いた。いま仁左のなすべきことは、青山欽之庄に板橋への援軍を求めるよりも、染谷や忠吾郎らとこの成果を共有し、山辺小十郎と大久保又四郎を押さえ、すべてを明らかにすることである。

（待ってろよ、親野岩之助）

ふたたび胸中につぶやくと。

「で、お沙世ちゃん。玄八どんがけさ知らせて来た、染谷どんたちの居場所はどこでえ。忠吾郎旦那と宇平どんはそこへ向かったのだな」

「はい、場所は聞いております。あたしも一緒に……、案内します」

これをお沙世はさきほどから言いたかったようだ。仁左を焦らしていたのも、そのためだった。お沙世は口には出さないものの、仁左に合力するのにお仙ばかりに出番があって、たとえ気力だけで刃物を取っての心得がないとはいえ、自分に役回りのないことへ心中穏やかならざるものがあったのだ。

仁左の表情が険《けわ》しくなった。

「玄八どんにそんな言付けでもあったのかい。忠吾郎旦那はなんと？」

「だからあ、あたしが内藤新宿まで案内しますから。旅籠の名も場所も聞いておりますから」

「ふむ。内藤新宿だな。なんという旅籠だ」

「んもう」

お沙世は不満げにまた鼻を鳴らした。お仙はすでに幾度も出陣している。お沙世にそれがまわって来ない。

仁左はつづけた。

「聞き分けてくれい。お沙世ちゃんがここにいてくれるから、俺たちが互いにつなぎを取り合い、存分に動けるんだぜ。きょうだって俺と忠吾郎旦那につなぎがあった。どっちも一連のもので、大事《でえじ》な大事なつなぎなんだ。だからよう、いましばらくここに陣取っていてくれよう」

実際に、なくてはならない存在なのだ。言いながら仁左は両手を伸ばし、お沙世の肩をつかんだ。初めてのことである。お沙世はハッとしたような表情になった。

「お沙世、なにしている。お客さんだよー」

茶店のほうから聞こえたのは、祖母のおウメの声だった。昼時分で、縁台でお茶だけ注文して持参の弁当をつかる、駕籠舁《か》きや荷運び人足たちの客が増える時間帯だ。

「すまねえ、おウメ婆さん」

お沙世の肩越しに仁左が返し、

「さあ、内藤新宿のどこだ」

「宿《しゆく》の本通りを過ぎ、追分坂《おいわけざか》を下る途中の亀井屋《かめいや》という旅籠です」

「わかった。札ノ辻での備え、頼むぞ」

お沙世の肩をつかんだまま街道のほうへ向け、

「俺もいまから行く」

と、仁左は一緒に街道に出た。道具箱はさきほどから背負ったままである。

「えっ、いま帰ったばかりなのに。お茶だけでも」

「ありがとうよ。そうもしちゃおれねえのよ」

と、仁左はふたたび街道に羅宇竹の音を立てた。

「相州屋さん、なんだか忙しそうだなあ」

今度は祖父の久蔵《ひさぞう》の声だった。

「そうらしいの」

言いながらお沙世は街道を横切り、

「あら、いらっしゃいまし」

縁台に座っていた駕籠舁き人足二人に声をかけた。

五

仁左の足は、板橋から急ぎ足で帰ったばかりの疲れを見せていない。来た道を返している。内藤新宿へは四ツ谷から甲州街道を西に進めばよい。隠れ徒目付も御庭番と同様に、忍びの鍛錬は積んでいる。足は速い。

甲州街道の四ツ谷御門の石畳を踏んだのは、陽が西の空にかたむきかけた時分だった。ここも東海道の高輪《たかなわ》大木戸と似て、かつて大木戸が置かれていたが往来人が多くなり、いまは名が残るのみで、役人が常駐して手形改めをやっているわけではない。勝手往来だ。

この四ツ谷大木戸までが江戸府内であるのも、高輪大木戸と似ている。江戸から甲州街道を旅に出る者への見送り人は、ここまでが相場となっているのも似ており、内側がいくらか広小路になって高札場《こうさつば》のあるのもおなじである。

往還の両側から石垣がせり出し、その部分が石畳になっているのは、高輪よりも大木戸の面影を色濃く残している。

違いを端的に感じるのは、木戸を出たときである。高輪大木戸は出ると片側が江戸湾の袖ケ浦《そでがうら》の海浜となり、潮騒《しおざい》と潮風のなかに歩を踏むことになり、風の強い日には波しぶきまで受け、江戸を出たとの実感に包まれる。

四ツ谷大木戸は、出ればそこが即内藤新宿の街並みとなっている。大木戸を出ても江戸を出たとの感覚はなく、宿場町であるため旅籠などがならび裏手には色街もあり、大木戸の内側よりかえって人や荷の往来も多くなる。

その四ツ谷大木戸の石畳を、いま仁左は抜けた。初めてではないが、けさ板橋宿を発ったばかりである。

手拭を吉原かぶりのまま首を左右にまわし、

「ほう、ほうほう。板橋宿よりもけっこうなにぎわいだわい」

つぶやき、歩を進めた。

街並みは大木戸から西へ十二丁（およそ一・三粁《キロ》）ほどにわたり、江戸に向けての物資の集散地でもあれば、人や大八車や馬が行き交っている。

その繁華な街並みが絶えるすこし手前に、南へ折れる広い下りの坂道がある。

追分坂だ。

(これだな、玄八がお沙世ちゃんに伝えたのは)

と、仁左は下り坂に歩を踏んだ。

坂は一丁(およそ百米《メートル》)ほどもあろうか、荷馬はともかく、荷を満載した大八車などは四苦八苦だ。

下り切ったところが、四ツ谷大木戸の内側のように広小路となり、高札場もある。大八車がこの広小路に入り、坂を上ろうとすると、近くの子供たちであろうか競うように出て来て、

「——おじちゃん、一文だ。上まで押させてくんねえか」

江戸府内の坂道でもよく見る光景だ。

串団子《くしだんご》が一本四文で、四回あと押しすれば一日の小遣いになる。こうした子供たちも内藤新宿を含め、江戸の坂道の風景になっている。

おりしも、

「さあ、おじちゃん。一文」

薪を満載した大八車を押して来た七、八歳の子供が二人、大八車の轅《くびき》に入っている荷運び人足に手を出していた。

「おまえたち、また頼むぞ」

人足は巾着《きんちゃく》から一文銭二枚を出し、子供たちに与えた。互いに手なれたやりとりだ。

羅宇竹の音を立てながら、

「おっとっと」

と、気をつけて歩を踏まないと、疲れた足がもつれるほどの下り坂だ。

目当ての亀井屋は、坂の中ほどにあった。追分坂は内藤新宿のはずれになり、旅籠も本通りにくらべ小ぶりだが、坂道に面し二階もあった。

日の入り近くで亀井屋の玄関にも人の出入りがあり、本来なら木賃宿に泊まりそうな羅宇屋が暖簾《のれん》を頭で分け、相州屋忠吾郎の名を告げると、番頭が出て来て下へも置かぬもてなしだった。染谷がまた市ケ谷八幡町でのように、ふところの物をちょいと見せたのかもしれない。

なるほど一行は、坂道が見通せる二階にふた部屋取っていた。この配置はやはり、なんらかの強制力がなければ無理だろう。もちろん内藤新宿は府外で江戸町奉行所の管掌外《かんしょうがい》だが、十手《じって》には威力がある。

部屋には忠吾郎、染谷、お仙の三人がいた。

三人とも仁左が思ったより早く来たことに、

「おぉう、これはよかった」

忠吾郎が言い、安堵の表情になった。板橋宿に少なくとも二日くらいは留《とど》まると予測していたのだ。

「玄八どんと宇平どんは？」

部屋に入るなり仁左は問いを入れた。

「さっそく物見だ」

染谷が応え、

「あのあとなあ……」

語りはじめた。仁左もひと呼吸でも早く話したいことがある。それを堪《こら》え、ともかく染谷が内藤新宿に陣取った理由《わけ》を聞くことにした。

きのう仁左が市ケ谷八幡町から板橋宿に向かい、二人組を尾けた染谷らと行き違いになったあとである。

染谷、玄八、お仙が二人組を尾け、宇平がつなぎのため田町札ノ辻へ戻った。染谷らが二人組を捉《とら》え、尾けたことを宇平から聞かされた忠吾郎は、ひたすら仁左と染谷のつなぎを待った。

二人組は四ツ谷を経て甲州街道に入り、さらに大木戸を抜け内藤新宿に入って木賃宿にわらじを脱《ぬ》いだ。

その木賃宿が、亀井屋の前を過ぎて最初の枝道に入った奥だという。亀井屋の二階なら、枝道から出て来た者を見張ることができる。

染谷は話をつづけた。

「仁左どんが市ケ谷八幡町に戻って来て、俺たちがいねえのを見ると、得意先の武家屋敷よりも田町の札ノ辻に走ると思うてよ、けさ早くに玄八を遣《つか》わしたのよ。するとありがてえことに、忠吾郎旦那もふたたび宇平どんを連れて、助っ人に来てくだすったって寸法よ」

忠吾郎がうなずいている。

仁左が応えた。

「どんぴしゃりだったなあ。きょう午過《ひるす》ぎさ、市ケ谷に戻ると屋台も竹馬もいねえ。染谷どんなら、火除地《ひよけち》向こうの俺の得意先よりちと遠くても札ノ辻につなぎをつけていると思い、相州屋に戻ったってわけさ。するってえとお沙世ちゃんがなにもかもうまく受けてくれていた。俺の得意先からも大事《でえじ》なつなぎがあったのさ。で、こっちのようす、まだ言い足りねえところはござんせんかい。あの二人組の動きでさあ」

仁左は順に三人へ視線を向けた。つなぎが思いどおりに行き、忠吾郎、染谷、お仙の顔を見て安堵したか、さきほどからの逸る心も落ち着いたようだ。

お仙が言った。

「木賃宿はすこし離れたところから、宇平と玄八さんが別々に張っております」

そば屋と竹馬が見張りに出ることは、最初は躊躇《ちゅうちょ》したようだ。小石川同心町で顔を見られているかもしれないからだ。そこで話し合い、すこし離れたところから個別に見張れば気づかれないだろうということになり、この亀井屋の二階を含め、三方から木賃宿を囲むように見張りの陣を敷いたという。

「そこでわたくしが二人組をすこし尾けました。小柄なほうは赤地に〝石見銀山《いわみぎんざん》鼠取り〟と白く染め抜いた幟旗《のぼりばた》を立てており、右眉にほくろの人は……」

小さな木箱を紐《ひも》で肩にかけ、

「――じょーまえ、なおーし、いたーしやしょーう」

と、町場をながしている、定番の錠前直しだった。

「それぞれにこの内藤新宿では、まっとうな商人や職人を装っているようです。今宵《こよい》は陽が落ちれば、宇平と玄八さんが泊まり客になって木賃宿に入り、異常があればここへ知らせに戻ってまいります」

外はすでに陽は落ちていた。宇平も玄八もなにくわぬ顔で、他人同士の客として木賃宿に入っていることだろう。

お仙の説明に忠吾郎が、

「ともかくあの二人組、けっこうな曲者《くせもの》と思うぜ。で、仁左どん、おめえのほうはどうだったい。なにか判ったことがあったかい」

「大ありでさあ」

と、仁左はひと膝《ひざ》まえににじり出ただけでなく、上体も前にかたむけ、

「あの二人、小柄な鼠取り売りは山辺小十郎と申し、ほくろの錠前直し野郎は大久保又四郎という名でさあ」

「えっ、お武家なんですか！」

「しっ、さきをつづけろ」

お仙が思わず問いを入れたのを忠吾郎はたしなめ、仁左にさきをうながした。

「へえ。あっしの得意先からのつなぎによりやすと、二人は元御庭番で、数年めえ、さる遠国御用の役務につき、そのときの組頭が秋岡左八郎だったそうで」

「なんでえ、そういうつながりがあったのかい」

忠吾郎の返答に、染谷もお仙も、驚きながらも得心した表情になった。

「まだ話はありやすぜ」

と、仁左がつぎへ進めようとすると、

「しっ」

こんどは染谷が低く叱声《しっせい》を吐いた。廊下に足音が立ったのだ。女中が二人がかりで夕餉《ゆうげ》の膳を運び、行灯《あんどん》に火を入れた。

「あとはわたくしが」

お仙が女中たちを早々に下がらせた。

夕餉のなかに仁左の話は進んだ。

御庭番たちの遠国御用と、こたびの佐渡より金塊が定期ではなく江戸へ運ばれた理由《わけ》が語られた。すべてが家斉将軍の精力絶倫のあと始末である。

「なんということ！」

お仙が柳眉《りゅうび》を逆立《さかだ》てた。武家の出であればこそ、擁護《ようご》ができないのだろう。それは忠吾郎、染谷、仁左もおなじだった。町人なら笑ってあきれるだけですまされようが、武家であればこそ、そこに圧迫をともなった深刻さを感じざるを得ないのだ。平たく言えば、

（世も末か）

内心に思う者もいようか。いま亀井屋の二階に膝を交《まじ》える四人の胸中には、まさしくそれがながれていた。

「その遠国御用で、秋岡左八郎に勲功があり、上様直々《じきじき》のお声がかりで御家人から旗本に取り立てられ、小石川の同心町に屋敷を構えることができたってわけでさあ」

「わからんのう」

忠吾郎が言った。

「秋岡左八郎の背景も、山辺小十郎と大久保又四郎がその配下だったこともわかったが、そりゃあおめえの得意先の武家で聞き出したことじゃねえのかい。板橋で調べて来たことじゃねえだろう」

「そう、そう」

お仙が相槌《あいづち》を入れ、染谷も無言でうなずいた。いずれもが焦《あせ》りを覚えているのだ。なかでも焦っているのは、仁左自身である。さらに上体を前にかたむけ、声を低めた。

「きのう板橋に行きやしたが、金塊が出たという鶴屋の裏手の木賃宿にわらじを脱いだと思うてくだせえ」

一同は急かすように無言のうなずきを見せ、仁左はとなりの両替商の鳴海屋が質屋を兼ね、その裏手の空き地か庭で薪を融通しあっていること、鶴屋から金塊が出た日、裏の木賃宿に数日まえから小柄な鼠取り売りとほくろの錠前直しが泊まっており、騒ぎの日に薪束を背にいずこかへ去ったことなど、すべてを余すところなく話した。

すでに小柄な鼠取り売りの山辺小十郎とほくろの錠前直しの大久保又四郎が、元御庭番で旗本に取り立てられた秋岡左八郎の配下だったことへの共通認識ができている。さらに山辺と大久保の二人が金塊を抜き取り、それを使って秋岡左八郎を陥《おとしい》れようとしていることも、互いに認識するところとなった。

「まだわからねえぜ」

言ったのは染谷だった。

「元配下だった山辺小十郎と大久保又四郎なる者が、なんで秋岡左八郎を陥れようとするんでえ」

「そこよ。その山辺さんに大久保さんよ……」

と、仁左は不意に二人を〝さん〟づけにし、

「その遠国御用のときさ、公儀に殉じたことになっているのよ」

「なんだって⁉」

「えっ、え。死んだお人が、なにゆえそこの木賃宿に！」

染谷とお仙が声を上げ、忠吾郎が、

「詳しく話せ」

「へえ、話しやす。つまり、それがあっしにもわからねえので。わかっているのは、小石川の秋岡左八郎と、いまここの裏手の木賃宿にいる山辺小十郎と大久保又四郎のみということでござんしょう」

「そういうことか。だったらここで持久戦を決めこみ、あの二人の身辺をじっくり探りゃあ、見えて来るものもあろうよ」

「いえ。あっしは今宵、その木賃宿に乗りこみやす。そこになんらかの策を仕掛けてみまさあ」

忠吾郎が言ったのへ仁左は即決したように返し、あらためて今月十六日に将軍の評定所御成があり、幕閣はそのとき家斉に忖度《そんたく》し金塊輸送のときの組頭を切腹させ、一件落着をとり繕《つくろ》おうとしていることを披露《ひろう》した。

「むむむ、何事も形式ですませようとする武家の考えそのものだ。そんなことで人ひとりの命が潰《つぶ》されてたまるかい。ん？　きょうは十三日だ。あと三日しかねえじゃねえか」

忠吾郎はみずからの言葉に驚き、つづけた。

「それでおめえ、焦ってやがったかい。よしわかった。乗ろうじゃねえか。おめえがどう仕掛けるか見物《みもの》だぜ」

「俺もだ、仁左どん」

すかさず染谷がつないだのへ、

「今宵ですね」

お仙も言った。

すべてを話し、すべての出来事を共有したものの、このときもまた仁左は、あと三日で死を賜《たま》わろうとしている組頭が、かつての自分の僚輩であることは、やはり披露することはできなかった。

武家では不始末を起こし切腹を命じられることを、〝死を賜わる〟などと言っている。武士はいかなるときでも罪を他人《ひと》から処断されることがあってはならず、やむを得ざるときは、潔《いさぎよ》くみずからを処断するのだという信念から、そのような表現をしているのだ。

（なにが死を賜わるだ）

その反発の思いが、このときの仁左こと大東仁左衛門には確かにあった。それはまた、染谷とお仙の胸中にもながれていた。忠吾郎にいたっては、言わずもがなである。

六

話しながらの夕餉を終えたとき、障子窓《しょうじまど》からの明かりはすっかり失せ、部屋の中は行灯の灯《あか》りのみとなっていた。

そこに宿《やど》でのくつろぎはない。

張りつめた緊張感のなかに、

「仁左さん、いかように仕掛けられますか」

お仙が言った。

仁左に策などない。いましがた、ある一部をのぞき、事の次第を忠吾郎や染谷らと共有したばかりである。あるのは、鼠取り売りの山辺小十郎と錠前直しの大久保又四郎に、

『なにゆえ』

問い質《ただ》したい思いのみである。山辺と大久保に、嫌悪も憎悪も感じない。両名が元御庭番であってみれば、むしろ親近感のほうを覚える。そこから策も生まれて来ようか。

お仙に問われ、

「直接、二人に……な」

「つき合うぜ」

染谷が返し、

「ん？」

と、ふすまのほうへ視線を投げた。

「よろしゅうございましょうか」

ふすまの向こうからの声は、宇平だった。

「お入りなされ」

宇平は変事があれば、知らせに戻って来ることになっている。部屋に新たな緊張が走り、ふすまが開いた。

宇平は一同の緊張した視線にためらいながら、

「わざわざ知らせに来るほどのことじゃないと思ったのですが、玄八さんが知らせよ、と。あ、仁左さん、おいででしたか」

言うとうしろ手でふすまを閉め、その場に端座に腰を据えた。

「なにかあったのですね」

「はい。さきほど暗くなってから、鼠取り売りと錠前直しの二人が宿《やど》を出て、近くの飲み屋に入りました。ただそれだけのことなんですが」

お仙に問われ、宇平はゆっくりとした口調で応えた。

内藤新宿は昼と夜とでは街の顔が一変する。日の出から日の入りまでは、宿場町として、また物資の集散地としてにぎわっているが、日の入りとともに遊興《ゆうきょう》の里となる。四ツ谷の町場とは往来勝手の大木戸で仕切られているだけで、客筋は府内からの嫖客《ひょうかく》が多い。

追分坂のように宿《しゅく》の中心部から外れたところでも、一歩脇道に入れば、いわゆる場末《ばすえ》の居酒屋や煮売酒屋などから女の嬌声《きょうせい》や白粉《おしろい》のにおいが漂《ただよ》ってくる。客筋は木賃宿などに荷を置いた行商人や、宿場人足たちだ。

そうしたところへ、木賃宿に泊まっている鼠取り売りや錠前直しが出かけても、なんの不思議もない。だが玄八はそれを、宇平に亀井屋へ知らせに来させた。お仙がさらに宇平に質した。

「その場所はわかりますね。玄八さんはいまどうしていますか」

「もちろん二人で尾けたのですから。いま玄八さんが外で見張っています」

仁左は染谷と顔を見合わせ、うなずきをかわした。策を定めたようだ。さらに忠吾郎へ視線を向け、

「よござんすかい、いまから」

「よかろう。あと三日だからなあ」

「ありがてえ、旦那」

仁左が返すとお仙も、

「わたくしも参ります」

「待ってください、お嬢。とてもお嬢の行くような所じゃありません。外から見ただけでもわかります」

宇平はお仙まで出張《でば》ることに躊躇《ちゆうちよ》した。

お仙は返した。

「宇平さんは案内すればいいのです。あとは木賃宿に戻っていなされ」

「ですが……」

なおも宇平はお仙まで出張ることにためらいを見せるが、そのようすが仁左にはまた、重要な示唆《しさ》に富むものであった。

一同は立ち上がり、忠吾郎は鉄製の長煙管を帯に差し、染谷は脇差を帯び、お仙に、

「得物は」

「はい、ここに」

懐剣が襟元《えりもと》に見え、帯を叩いた。手裏剣を数本収めているようだ。もちろん町人姿の仁左も、匕首《あいくち》をふところに忍ばせている。半纏《はんてん》の上からそれを押さえ、言った。

「お三方《さんかた》とも、もうわかっておいでと思いやすが、相手は御庭番でございまさあ。金塊を抜き取ったり、それを秋岡屋敷に忍ばせたり、なかなかの手練《てだ》れと思われやす」

一同はうなずいた。

さらに仁左はつづけた。

「刃物を持っての戦いとなりゃあ、双方とも無事じゃすみやせん。おそらくどちらかが死に絶えるまでつづきやしょう。まず対峙《たいじ》の場を飲み屋から他所に移さに

ゃなりやせん。玉川上水《たまがわじょうすい》の川原、よござんすね」

「どうやって」

問いは染谷だった。

一同は行灯一張《ひとはり》の灯りのなかで、立ったまま軍議に入った。いずれもが口には出さないが、隠れ徒目付と元御庭番の戦いになったことを心得ている。それが殺し合いなどではなく、あくまで相手から事情を聞き出すのが目的であることも、共通の認識となっている。刃物を振りかざしての戦いよりも困難だ。

事情を知らず、ただおろおろするばかりの宇平を尻目に、仁左は言った。

「まず、向こうの意表を衝くことだ。それにはお仙さん、すまねえが……」

お仙はうなずき、一歩前に出た。

追分坂を下り高札場のある広小路の向こう側に、玉川から開削した上水路が水音を立てている。玉川上水だ。そこに長くもない橋が架かっている。渡れば内藤新宿はむろん四ツ谷大木戸まで聞こえる時ノ鐘を打つ天龍寺《てんりゅうじ》があり、一帯はうっそうとした樹林群になっている。上水路の向こうとはいえ、そうした環境で日の入り間もなくのころには、繁華な内藤新宿をひかえているものの、坂下の広小路にはもう人影はなくなる。

その広小路から西に向かって、大八車がじゅうぶんにすれ違えるほどの往還が伸びている。内藤新宿を経た甲州街道だ。ちなみに宿場の本通りを追分坂に折れず、まっすぐに進めば甲州への裏道になる青梅《おうめ》街道となる。追分坂はその分岐点でもある。

仁左が、公儀に殉じたはずの元御庭番二人との戦いではなく、対峙の場に選んだのは、この坂下の広小路から甲州街道にかけての範囲である。街道と上水路のあいだは灌木《かんぼく》のない草地になり、天龍寺側ほどではないが並木のように松の木が立っている。

一同は玄関の板敷きの間に出た。提灯《ちょうちん》は宇平の持つ一張《ひとはり》のみで、これから夜遊びに行く風情《ふぜい》ではない。番頭が御用の一環と思ったか、女中を一人つれ玄関の外まで出て辞を低くし、

「ご苦労さまにございます」

「帰りは何時《なんどき》になるかわからぬが、雨戸は閉めておいてよいぞ。だが、潜り戸の小桟《こざる》は上げておいてくれぬか」

染谷が武士言葉で言ったのへ番頭は、

「かしこまりましてございます。玄関の板敷きに、灯りも点《つ》けておきまする」

「はい、さようにと」

と、女中も鄭重《ていちょう》に腰を折った。

七

元御庭番の二人が入った飲み屋は、追分坂を広小路のほうへいくらか下り、枝道に入ったところだった。坂下の広小路に近い。それだけ場末でもある。

追分坂にはまだ点々と旅籠などの灯りがあるが、枝道に入れば奥のほうに軒《のき》提灯《ぢようちん》の灯りが一つ見えるだけだった。足元に用心しながら近づくと、粗末な腰高障子《こしだかしようじ》の中から灯りが洩《も》れ、男たちのざわめきに女の嬌声が聞こえて来る。まさに宇平が〝お嬢の行くような所ではありません〟と言ったとおり、中の酌婦たちも客筋もあまり品のよさそうでないのが、腰高障子の外からも看《み》て取れる。

仁左にはそこがつけ目だった。だから〝すまねえが〟と、お仙に出番を依頼したのだ。

脇道の陰から、

「待っていやしたぜ。あの二人組、まだ出て来ておりやせん。おや、仁左さんもおいででござんしたか。こりゃあ心強《こころづ》ぇ」

老けづくりの玄八だ。

「宇平どんから聞いた。ご苦労。仔細《しさい》はあとだ。いまは仁左どんに従え」

染谷が小声で言い、忠吾郎もうなずきを見せた。

「へ、へえ」

「さあ、宇平さんはもうお宿《やど》に帰りなされ」

「はい。こ、これは」

玄八が染谷に返し、お仙が言ったのへ宇平は提灯をかざした。

「それは持って行きなされ。わたくしたちなら大丈夫ですから」

「は、はい」

お仙の言葉に宇平はその場を離れ、途中で一度ふり返り、灯りは角を曲がり見えなくなった。

忠吾郎、染谷、玄八の姿も、飲み屋の腰高障子の前から消えた。お仙と仁左のみが立っている。亀井屋の部屋で立ったまま話し合った策のとおりである。

腰高障子が開き、いくらか酩酊《めいてい》した人足風の男が二人出て来た。年増の酌婦が一人つき添っている。

「おっ、ここにもきれいな姐《ねえ》ちゃんがいるぜ」

「お引き取りを」

お仙にからんで来たのへ、すかさず仁左が腰をかがめピタリとついた。

「わ、わかったよ」

男はもう一人の仲間と、よたよたとその場を離れた。仁左の匕首の切っ先が、男の腹に刺さるかと思われるほど強く当てられていたのだ。その早業《はやわざ》は、一緒に出て来た酌婦には見えなかったようだ。もし男がしつこくお仙にからもうものなら、即座に帯を切られ、みっともない姿になっていただろう。

酌婦が胡散臭《うさんくさ》そうにお仙を見る。

腰高障子は開いたままである。中から荒々しい声で、

「なにしてやがる。早《はよ》う戻って来て酌《しゃく》をせんかい」

中の客たちの目が、開けられたままの障子戸に向けられているようだ。仁左にとってはおあつらえ向きである。

素早く匕首をふところに戻し、

「じゃまするぜ」

手で酌婦を払いのける仕草をし、飲み屋の敷居を一歩入るなり腰を折り、

「さあ、姫。中へ」

　その瞬間に仁左は中のようすを看て取った。客用の土間は六畳分ほどか、幅の広い縁台が二つならび、行商人や人足風の男たちが五、六人腰を下ろし、壁際には廊下のような入れ込みの板の間があり、ふた組ほどの客が膳を中に向かい合ってあぐらを組み、その片方には若い酌婦がついている。酌婦のいないほうの二人が、鼠取り売りと錠前直しだ。仁左の顔に気づいていないようだ。やはり市ケ谷八幡町で自分たちを見張っていた者たちに気づいていなかったか、気づいていても顔まで慥《しか》とは見ていなかったようだ。

　――姫
　の言葉が、あらためて飲み客たちの視線を引き寄せ、奥の調理場の動きも止まり、板前が二人ほど顔をのぞかせた。

　お仙が敷居をまたいだ。

「おぉぉ」

　縁台の飲み客から声が洩れる。他の者は度胆《どぎも》を抜かれたように声もない。決して大げさではない。飲み客たちにとっては思わぬ展開なのだ。

　襟元から懐剣の柄《つか》をのぞかせた、凛《りん》とした若い武家娘が立っているのだ。場末の飲み屋にはおよそ似つかわしくない風情《ふぜい》である。そこに堂々と踏込めるのは、さすがに心得のあるお仙だ。

招じ入れた仁左はなおも腰を折り、紺看板に梵天帯の中間姿ではないものの、〝姫〟の下僕《げぼく》であることが、注視している男や酌婦たちにはひと目で看て取れようか。

「さあ」

うながす下僕の声に〝姫〟は客たちを見まわし、毅然《きぜん》として言った。

「このなかに、お屋敷の山辺小十郎さまと大久保又四郎さまはおいでか。至急、屋敷にお戻り願います」

店場はざわつき、それぞれが顔を見合わせはじめた。

入れ込みの二人はいきなり若い武家娘から本名を名指しされ、それこそ度胆を抜かれたであろう。膳を前に座したまま〝姫〟を見つめ、

「ううう」

「な、なんと」

落ち着きを失った。

亀井屋でこの策を語ったとき、仁左は〝ご番所の〟あるいは〝お役人の〟と、

「――まずい。鼠取り売りと錠前直し、たちまち客たちの袋叩きに遭《あ》うぞ」

お仙に言わせるつもりだった。だが忠吾郎が、

言い、染谷もうなずき、仁左も得心し〝お屋敷の〟となったのだ。忠吾郎も染谷も、こうした酒場の雰囲気をよく解している。

当たった。顔を見合わせる客たちは、疑心暗鬼の表情になっている。

『どいつだ、それは！』

と、いきり立つ者はいなかった。だが、武士が町人に化けているのでは、間合いを間違えばその声は出よう。人足たちには荒くれ者もいるのだ。

仁左が入れ込みの二人に向かい、下僕らしく腰を折ったまま、

「さあ、ご同行くださりましょう」

開けたままの腰高障子を手で示した。

客たちの目は〝姫〟から一斉に入れ込みの二人に向けられた。

「これはいったい！」

「何者⁉」

いかに元御庭番といえど、まったく意表を衝かれたこのような場には対処法を知らない。ただ戸惑うばかりで、間違えばそれこそ盃《さかずき》や皿が飛んで来そうな雰

囲気になっている。

「さあ」

〝姫〟も二人に言葉を投げ、

「むむ、面妖《めんよう》な！」

「な、なにゆえ、かような？」

町人姿の山辺小十郎と大久保又四郎はつい武家言葉になり、この場から締め出されるように、あるいは逃げるように腰を上げ、そそくさと勘定《かんじょう》をすませ、お仙と仁左につづいて外に出た。

「武士が町人姿で？」

「どこのまわし者でえ！」

縁台の客から声が聞こえた。

腰高障子からは酌婦が顔を出し、軒提灯の横の四人を見つめている。

「こちらへご足労を願いたい」

仁左も武家言葉で言い、お仙とともに先に立ち、追分坂に歩を進めた。鼠取り売りの山辺小十郎と錠前直しの大久保又四郎は、相手が背を見せていることに安堵を覚えたか、黙ってついて来た。だが二人とも、右手をふところに入れている。匕首の柄を握っているのだ。

仁左の、場末の雰囲気を逆手に取った策の成功である。

これを策の第一幕とするなら、これからが第二幕になり、間違えば双方は流血の惨事となる。

追分坂に出た。

「こちらへ」

仁左は坂下を手で示し、ここでもお仙とともに先に立った。二人の元御庭番にすれば、坂上に足場を占めている。斬りつけるには断然有利である。しかも一人は女だ。だが、仁左もお仙も相手二人がいきなり斬りつけて来ないことを知っている。二人とも〝姫〟と武家言葉をつかう〝下僕〟の正体を知りたがっているはずである。むろん仁左もお仙も、背後への警戒は怠《おこた》っていない。それは山辺小十郎も大久保又四郎も、無言で歩を踏みながら感じ取っていよう。

月明かりがありがたい。

小柄な山辺が背後から声をかけた。武家言葉だ。

「おぬしら、何者ぞ。して、どこへ行く」

「姫というは、くノ一か」

右眉にほくろの大久保がつづけた。御庭番らしい問いだ。

お仙が前方に視線を向けたまま、

「さように見えますか」

「見える。その身のこなし、大家《たいけ》の姫などとは思えぬ」

「いかにも。高禄《こうろく》には縁遠い身」

お仙が高揚する気を懸命に抑え、返した。

仁左も前を向いたまま言った。

「われら、微禄《びろく》なれば」

「うっ」

歩を踏みながらうめき声を洩らしたのは、小柄な山辺だった。

高禄には縁遠く微禄でこの変装と度胸……。所属は判らないが、御庭番に近い身分の者と言っているのに等しい。むろん、お仙と仁左はそれを相手ににおわせたのだ。

元御庭番の二人は覚《さと》ったはずである。

（戦ってはならぬ。戦えば共倒れ……）

元御庭番を相手に、隠れ徒目付の意志は通じたようだ。さきほどから背に感じていた殺気がうすらいだ。

それぞれの足は、すでに坂下の広小路を踏んでいた。

夜であれば、玉川上水の水音が鮮明に聞こえる。

ほくろの大久保が、水音に問いを重ねた。

「いずれへ」

「そこでござる」

仁左が返した。

目の前に黒く立っているのは、数本の高札だ。

仁左とお仙の足はその裏手に入った。

草むらで、松の木が処々《ところどころ》に立っている。

仁左とお仙は足を止め、ふり返った。

元御庭番二人も歩を止めた。ふところに入れていた手を出している。二人対二人は静かに、水音を横に向かい合うかたちになった。

だが、

「うっ」

「謀《はか》ったか」

山辺と大久保は腰を落とすなり互いに離れるように跳び下がり、左右から仁左とお仙を挟むかたちになり、ふたたびふところに手を入れ身構えた。二人は異なる人の気配を感じたのだ。見事に合った呼吸と挙措《きょそ》である。身構えたまま二人は気配をすくい取るように、ゆっくりと首を左右にまわした。

(こやつが差配か)

二人は思ったであろう。高札を背に一人、月明かりにも貫禄が看て取れる男が立っている。さらに近くの松の木に身を隠すように男の影……。

老けづくりの玄八がいない。せめぎ合いは今宵だけとは限らない。木賃宿で顔を会わせることもあろう。この場に姿をさらしてはならない。イザというときの備えとして、離れたところから高札場に気を配っている。

山辺と大久保は、仁左とお仙を挟み撃ちにする態勢に持ちこんだものの、かえってお仙を交えた四人に囲まれていることを覚らざるを得なかった。

対峙のなかに、仁左が言った。

「許されよ、元百人番所の山辺小十郎どのと大久保又四郎どの。役務に殉じたと思われているそなたらに、ちと訊きたき儀がござってなあ」

「なんと。そこの女人《にょにん》を含め、なにゆえわれらの名も出自《しゅつじ》も存じおるか。そなたらも名乗られよ」

山辺小十郎の声に、仁左はひと呼吸の間合いを置き、

「隠れ徒目付にて、大東仁左衛門と申す」

忠吾郎、染谷、それにお仙の前で、仁左は身分を明かし本名を名乗った。

忠吾郎らには本名はともかく、先刻承知のことだった。だが、仁左がそれをみずから名乗ったことに、驚きを覚えた。

亀井屋で話した策に、それはなかった。

だが、仁左には仁左なりの思惑があったのだ。

「うっ」

「むむ」

感ずるところがあったか、山辺小十郎と大久保又四郎はうめき声を洩らした。

四　やはり札ノ辻

一

月明かりに風がいくらか出てきた。
卯月《うづき》(四月)の夜風に冷たさはない。
策を弄《ろう》し、自分たちを玉川上水の淵《ふち》におびき出した者が、
――隠《かく》れ徒目付《かちめつけ》
と、名乗ったのでは、元御庭番にとってつぎに気になるのは、
(なにゆえ!　どこまで知りおるか?)
であろう。
腰を落とし、ふところに手を入れたまま小柄な山辺小十郎は言った。

「金の延べ棒に係《かか》り合《お》うてのことか」

「いかにも」

月夜に合わせた低い声で、仁左は返した。

場に緊張は増した。

水音と松の木の軽いざわめきのなかに、忠吾郎は鉄製の長煙管に手をかけ、染谷は脇差の柄《つか》を握り、仁左とお仙、山辺小十郎と大久保又四郎の四つの影を見つめるというより、呼吸の動きをすくい取ろうと固唾《かたず》を呑《の》んでいる。数歩跳び出せば、渡り合える距離である。

いくらか離れた玄八も、四つの影の動きに目を凝《こ》らしている。

木賃宿に戻った宇平も、搔巻《かいまき》をかぶったものの眠れたものではないだろう。札ノ辻に残されたお沙世もいまごろ、そうかもしれない。

仁左はさらに言った。

「そのまえに、そなたらに言っておきたいことがある」

「聞こう」

小柄な山辺小十郎が応じたのへ、もう一人の大久保又四郎が無言のうなずきを示したのが、月明かりに看《み》て取れた。

仁左はつづけた。

「佐渡路は北国街道か中山道かは知らぬが、こたびの将軍家御用に失態があった荷運びの組頭《くみがしら》は、それがしのかつての僚輩であった」

「うっ」

「むむっ。相川番所よりのあの御仁《ごじん》、以前は江戸の隠れ徒目付だったと聞き及んではいたが」

小十郎がうめき声を上げ、又四郎がつないだ。

仁左は返した。

「いかにも」

すぐ横に身構えているお仙にも、数歩離れた忠吾郎と染谷にも、思わぬ展開であった。亀井屋で立ったままひたいを寄せ合ったとき、仁左はそのような話はしていなかった。

水音と松の木の軽いざわめきのなかに、仁左の言葉はつづいた。

「その者はいま、あの百人番所の座敷牢に囚《とら》われの身となっておる。三日後、将軍家の評定所御成があり、事態の解決なくば、責をかぶり切腹を賜《たま》わることとなっておる」

お仙と忠吾郎、染谷にとっては、思いもかけない展開である。

小十郎が驚いたように、

「御番所の隅《すみ》だ、座敷牢は。さようなことになっていたとは。われらの意図したところではないぞ」

「いかにも」

又四郎もつないだ。

二人の狙《ねら》いは、金の延べ棒などではない。それが目的なら、端《はな》から三本のみという不可解なことはしない。理由はまだわからないが、組頭の秋岡左八郎を陥《おとしい》れることが目的だった。とばっちりによって命を絶たれる者がいたとしたなら、それこそ二人にとって不本意どころか、心痛となろう。もちろん警備の者がなんらかの咎《とが》めを受けることはわかっていたろうが、緻密《ちみつ》な策と実行であったから、かえって周囲のことまで深く考える余裕がなかったようだ。

それを仁左はいま、突きつけたのだ。

二人ともまだ腰を落としたまま、ふところから手を離していないが、明らかに動揺している。

（今宵《こよい》、得られるものがありそうだ）

仁左は感じ取った。

「訊きたい」

「なにをか」

小十郎の声だ。

双方とも、戦う姿勢を解いたわけではない。

又四郎が声を入れた。

「そこもと、隠れ徒目付と申されたが、お城の目付部屋にこのことは？」

やはり町奉行所や火盗改、八州廻りの動きが気になるようだ。

忠吾郎と染谷は聞き入っている。むろんお仙もだ。

「笑止《しょうし》な」

仁左は返した。

「そなたらが拐《かどわ》かしたるは、お目付青山欽之庄さまのご子息なるぞ。秋岡屋敷の縁の下の延べ棒二本ものう。われらがお目付さまに、その結末を話さざるを得まいが」

「いかにも」

山辺小十郎は返した。

仁左はつづけた。

「したが、安堵召《め》されよ。話はまだ青山屋敷とお城の目付部屋だけのこと」

「ふーっ」

小十郎は安堵の息をもらし、又四郎もそれにつづいた。

山辺小十郎も大久保又四郎も宮仕えの経験があれば、支配違いの壁の厚さを知り過ぎるほどに知っている。

話は町奉行所にも火盗改にも八州廻りにも、一切洩《も》れていないと仁左は言ったのだ。それが小十郎と又四郎には通じた。二人とも、大東仁左衛門についている〝姫〟はもとより、月夜に潜《ひそ》んでいる恰幅《かっぷく》のよさそうな男も脇差を帯びた男も、僚輩の隠れ徒目付と思いこんでいる。町方の隠密廻り同心が隠れ徒目付と行動を共にするなど、通常なら考えられないことなのだ。

仁左はつづけた。

「そなたらご両所の面は、すでに割れておる。お目付どのが部屋のふすまを一枚開ければ、おぬしらはたちまち町奉行所に火盗改、八州廻り、さらにそなたらのお仲間であった御庭番衆からも追われる身となろうぞ。江戸府内はむろん、関八州というより遠国にも安住の地はなくなると思いなされ」

「むむむ」

大久保又四郎がうめき声を洩らした。その威力を存分に知っているのだ。

さらに仁左はつづけた。

「おぬしらのことゆえ、すでに調べておろう。それぞれに家督と役務を継いだおぬしらのお血筋のお人らも、役を解かれるばかりか、無事ではすまなくなりましょうぞ」

「そのようだのう」

落ち着いた口調は、小柄な小十郎だった。

あらためて仁左は言った。

「話が脇にそれてしもうたが、答えていただこう。これには元僚輩の命がかかっておる。そなたら、なにゆえかつての組頭であった秋岡左八郎なる仁を、お目付の青山さまを動かし陥れようとするか。いつ、いかように金塊を抜き取ったるか、板橋の両替商鳴海屋はそなたらのお仲間か。それになによりも公儀に殉《じゅん》じたと聞き及んでおるそなたらが、なにゆえ生きてわれらといま対峙《たいじ》しおるか」

「ふふふ、一度にかくも多くのことを。なれどそれらのいずれもが、連のこと。おぬしの元僚輩を救う手立ての一つとなればのう……」

と、山辺小十郎は語りはじめた。

二人が金の延べ棒を抜き取ったのは、やはり道中で大雨を利用してのことだった。

「われら両名は、佐渡の相川より御用金を積んだ船が越後《えちご》の直江津《なおえつ》に着いたときから機会を狙い、ずっと一行についておった。なにゆえ金塊の運び出しを知ったるかでござるか？　さようなことは、佐渡の相川に数日もおれば、おのずと知れること。それで直江津にさきまわりし、待ち受けたのでござるよ」

小十郎は鄭重《ていちょう》なもの言いで、仁左の問いにひと息入れ、

「だが、さすがに一行の差配はもと隠れ徒目付であったか、まったく隙がござらん。ところが信州に入り、北国街道から中山道に道中が変わり、沓掛《くつかけ》を経てからすぐだった。大雨に見舞われもうしてなあ……」

荷は馬から大八車に移し変えていた。一寸先も見えない大雨に紛《まぎ》れ、人足《にんそく》に化けて大八車に近づき、車輪を田に落とし縄を切ったという。

「又四郎は錠前《じょうまえ》破りの名人でなあ、江戸城の御金蔵の錠も釘《くぎ》一本で開け、若年寄さまに錠前を新しくし、数も増やすよう進言したほどだ」

又四郎が誇らしげにうなずき、小十郎はつづけた。

「俺がすかさず御用金箱を支えて泥田に落ちるのを防ぎ、そのあいだに又四郎が錠前を開け、延べ棒を三本、金から鉛《なまり》にすりかえ、錠を元に戻し、雨のなかに姿をくらましたのだ」

「さすがだなあ、御庭番のお人らは」

思わず言ったのは、松の木に身を隠していた染谷だった。奉行所にはそれほどの技を見せられる者はいない。

「ほおう」

と、仁左にとっても驚きである。

小十郎はさらにつづけた。

「つぎの宿駅《しゆくえき》の軽井沢にさきまわりし、ようすを窺《うかが》うも、御用金箱を開けられたことに気づかなんだか、一行に変わった動きはなく、われらは江戸への旅をつづけたのだ。それでも用心し、あと一歩で江戸という板橋宿でしばらく足踏みし、金の延べ棒を木賃宿に置くのも危険と思い、すぐとなりが質屋もかねた両替商だったもので、そこへ暫時《ざんじ》預けることにしたのだ」

「そこに手違いが生じたのさ」

と、又四郎。

その両替商が鳴海屋だった。鳴海屋は金の延べ棒を見て驚いたものの、窩主買《けいずがい》（盗品買取り）もしているのか、

「――こういうものはさりげなく預かって置くほうが、お客さまのおためにもなりましょう。いつお役人の御用改めがあるかもわかりませぬゆえ」

と、ニヤリと嗤《わら》って用意したのが、薪雑棒《まきざっぽう》を割って中に仕込み、裏庭で炭や薪《まき》束《たば》に紛らせておくことだった。裏手の質屋で盗品も受け入れているのか、手慣れたようすだったという。

一行が江戸城の常盤橋《ときわばし》御門外の金座に入り三本のすり替えが発覚し、町奉行所に火盗改や八州廻りが秘《ひそ》かに探索を始めたときに、仁左も見たとおり、たまたま一本が旅籠《はたご》の鶴屋のかまどに入ってしまい、それがかわら版になって江戸府内を巻きこんでの大騒ぎになったという次第らしい。

仁左もお仙も、忠吾郎も染谷も、ながれは得心した。あとは秋岡左八郎への仕掛けである。

小十郎と又四郎は、鶴屋から出た一本がすでにお上に回収されたことは知っていようが、秋岡屋敷の縁の下に忍ばせた二本がその後どうなったかまでは知らない。いま対峙している〝隠れ徒目付〟の面々によって阻害されたことは気づいて

いよう。

小十郎は切り出した。又四郎も月明かりのなかに、大東仁左衛門こと仁左に視線を釘づけている。

「秋岡邸の縁の下に、延べ棒二本があったはず。あれはいまいずれに」

「おっと小十郎さんよ」

小十郎はふところの手をかすかに動かし、不意に変えた仁左の町人言葉に応じた。これも忍び同士の、対手《あいて》の技量を探る手段の一つである。

「なんでえ、大東の」

仁左はつづけた。

お仙は緊張し、忠吾郎と染谷はさらに固唾を呑んだ。

「おめえさんら、大事《でえじ》な問いに答えていねえぜ」

「なにもかも話したぜ。薪雑棒の茶番もよう」

小十郎の言葉に、又四郎もうなずきを入れる。

仁左の言葉である。

「死んだはずのおめえらが、なんでここにいるんでえ。秋岡左八郎なる仁とのあいだに、いってえ何があったんでえ」

「ふふふ、大東の。おめえも隠れなら、わかるんじゃねえのかい」

「なにが」

「おめえさんらが役務を捨て、草莽《そうもう》に隠れて暮らしたとせんかい。かつての仕事をべらべら喋《しゃべ》るかい」

同感である。仁左も忠吾郎も染谷もうなずいた。

つぎの刹那《せつな》だった。ふところに入れていた山辺小十郎と大久保又四郎の手が、全身の躍動《やくどう》とともに動いた。

迂闊《うかつ》だった。

「ううっ」

仁左とお仙は瞬時、目と口を押さえ、忠吾郎と染谷は跳び出す態勢に身構え、離れている玄八は、

(ん？　どうした)

小十郎と又四郎はまったく同時に、仁左とお仙の顔面に、胡椒《こしょう》と唐辛子《とうがらし》の粉を入れた小さな布袋《ぬのぶくろ》を投げつけたのだ。まともに顔に受ければその効果は小さくない。瞬時目を閉じ、そのあとも涙とくしゃみで防御どころではなくなる。とっさに仁左とお仙は手で払い、顔面に受けることはなかったが、粉は飛び散っ

た。

さいわいだったのは、小十郎と又四郎が、瞬時防御を失った仁左とお仙に襲いかからなかったことである。匕首《あいくち》を抜き跳びかかっていたなら、仁左もお仙も相応の打撃を受けていただろう。もっとも跳び込んでいたなら、その背は無防備となり、忠吾郎と染谷の攻撃を受け、その場で斃《たお》されていたかもしれない。二人はそれを読んでいたようだ。

二人は跳び込もうと身構えた忠吾郎と染谷の視界からも消えた。左右別方向に草地を蹴《け》っていたのだ。かくも息の合った動きは、見事というほかない。

忠吾郎と染谷はどちらを追うべきか迷いながら、

「大丈夫か」

と、仁左とお仙に駈け寄るしかなかった。

さすがに消えた二人は元御庭番である。玄八が周囲を見まわしたとき、その気配は消えていた。あとは月明かりに、玉川上水の水音と松の木の軽いざわめきばかりだった。

二

追分坂を上りながら、

「なるほど、錠前破りの名人が錠前直しとは、うまい商《あきな》いについたものだなあ。町場の職人より腕は確かだろう」

「まったくで」

忠吾郎が言ったのへ染谷が返した。

仁左も言った。隠れ徒目付にも薬物に長じた者はいるが、御庭番ともなればなおさらであろう。小柄な山辺小十郎はその口だったようだ。

「鼠取り売りたあ、これもぴったりの仕事で、あっしの羅宇屋よりも似合っていやしたぜ」

実際、二人はその形《なり》で巷間《こうかん》を徘徊《はいかい》していたのだろう。

亀井屋は雨戸を閉めていても、潜り戸の小桟《こざる》は上げており、引けば開いた。板敷きの間に灯《あか》りの入った行灯《あんどん》が置いてあるのもありがたい。番頭がすぐさま

出て来て、

「おや。お一人、増えましたね」

「あっしは下働きで、すぐ帰《けえ》りやすから」

と、玄八。

女中が二階の部屋に熱い茶を運んで来た。

「わたくし、あの、あのような敵は、初めてでございます」

と、お仙は乾いた口を湿らせたいまも、緊張と興奮が冷めやらない風情《ふぜい》だった。無理もない。対峙のなかに不意打ちを受け、瞬時といえど無防備となったのだ。刺されていてもおかしくはない。それをさせなかったのが、忠吾郎と染谷の存在だったことは解している。

忠吾郎が感心するような口調で言った。

「あの御庭番くずれ、山辺小十郎に大久保又四郎といったなあ。大《てえ》したもんだ。肝心なことには応《こた》えず、目くらましを喰《く》らわしアッという間に消えおった」

「どんな理由《わけ》か知りやせんが、お役を退《しりぞ》いたあとも口を割らねえ。あっしらの信念にも通じまさあ」

染谷が言ったのへ仁左も、

「めんぼくねえ。あっしが至らねえばっかりに、肝心なことが聞けず、命までとられそうになって逃がしちまったとは」

「おほほほ」

　さきほどとは打って変わり、お仙がいきなり笑い出した。

「皆さま、ほんとうに町言葉がお似合いですねえ。さすがです」

　なるほどついさきほどまでは緊張のなかに、仁左と小十郎は武家言葉で応酬《やりとり》していたのだ。そのあまりにも早い変わり身に、お仙は奇異というよりおもしろさを感じたようだ。

　これがきっかけとなり、座はなごんだ。

　お仙がそのままつづけた。

「それでこのあと、いかように」

「それよ」

　忠吾郎が返し、

「仁左どんは、ほれ、もう得意先の武家屋敷などとまどろっこしい言い方なんざしなくていいぜ。ご注進に行かにゃならねえところがあるだろ」

「へえ」

と、仁左が返すと、玄八と染谷も、

「あっしはいまから木賃宿に戻りまさあ。宇平どんが一人で心配《しんぺえ》していやしょうから」

「あっしもで。夜明けには発《た》って、午《ひる》めえにはまた札ノ辻に顔を出しまさあ」

天龍寺の打つ夜四ツ（およそ午後十時）の鐘が聞こえて来た。すぐ近くだ。

「派手に響きやがるぜ、ここは」

仁左が確かめるように言った。あした陽《ひ》が昇ってから江戸城に入ったのでは間に合わない。家斉将軍の評定所御成は迫っているのだ。青山欽之庄が出仕するまえに、市ケ谷の青山屋敷に走りこむ算段である。


朝の時ノ鐘は、いずれも日の出の明け六ツに打たれるが、内藤新宿の街並みに響く天龍寺の鐘は、日の出の小半刻《こはんとき》（およそ三十分）まえに響き出す。二つの意味があるそうだ。

内藤新宿の表通りを追分坂に折れず、まっすぐ進み青梅街道に入ると、一帯は旗本屋敷がつづく武家地になっている。内藤新宿から江戸城までは距離があり、この武家地の旗本たちが登城に遅れぬように、天龍寺が気を利かせて小半刻早く鐘を打っているのだという。

もう一つは、昨夜から内藤新宿の妓楼《ぎろう》に上がっている嫖客《ひょうかく》たちに、さあ朝だぞ早く帰れとの鐘である。俗に〝追い出しの鐘〟と呼ばれている。

「ありがてえぜ、天龍寺の鐘よう」

まだ暗いうちに、亀井屋の玄関前で仁左は大きく伸びをした。

忠吾郎もお仙も染谷も身なりを整えている。番頭と女中が一人、

「またのお越しを」

と、見送りに出ていた。

四ツ谷御門の近くまで一行は一緒である。

さきほど、昨夜《けえ》遅く木賃宿に帰った玄八が来て、

「――あっしが帰ったとき、宇平どんはまだ起きていやして、訊くとあの二人、戻って来たかどうかわからねえ、と。怪《あや》しまれちゃいけねえので、あっしはそのまま寝やした。朝起きて木賃宿のおやじに訊くと、まだ暗いというのに二人はもう宿《やど》を引き払ったそうで。すまねえ、尾《つ》けることができなくって」

「――それでいい。下手に動いて、おめえらまで警戒されるよりはなあ」

染谷は言い、忠吾郎も仁左もうなずいた。玄八と宇平では、元御庭番のあの二

人にとても対抗できないだろう。さらに玄八は、

「——宇平どんはまだ寝てまさあ。あっしも戻って二度寝させてもらい、きょうの午前《ひるめえ》には一緒に札ノ辻へ帰《けえ》りやすので」

と、すぐ木賃宿に引き返した。無理もない。玄八はそば屋の屋台を担《かつ》ぎ、宇平は古着の竹馬を担《にな》っているのだ。

まだ暗いなかでの天龍寺の鐘とともに、内藤新宿は動き始めていた。表通りにはすでに人が出ている。

四ツ谷御門近くで一行は別れた。忠吾郎とお仙は外濠《そとぼり》に沿った往還《おうかん》を南の溜池《ためいけ》のほうへ向かい、染谷は四ツ谷御門を入った。呉服橋御門内の北町奉行所には、城内を行ったほうがはるかに近道になる。

仁左は外濠の往還を北の市ケ谷御門のほうへ向かった。

陽はすでに昇り、町場には一日の営みが始まっており、武家地でも中間《ちゅうげん》が往還に出て近辺の掃《は》き掃除をしている。

青山屋敷の前にも竹箒《たけぼうき》を持った中間が出ていた。仁左は背の道具箱に音が立たぬように小脇にかかえ、なかば駈《か》けこむ態《てい》になった。

「あ、いつもの徒目付のお人！　すぐに伝えます」

言うなり中間は竹箒を持ったまま母屋《おもや》のほうへ駈けこんだ。仁左もつづいた。母屋の裏へまわるよりも、そのまま正面の玄関口から入り、すぐ横の客ノ間に道具箱をかかえたまま入った。奥に入る時間もいまは惜《お》しまれる。家斉将軍の評定所御成はあさってである。仁左に与えられた時間は、実質的にはきょう一日しかないのだ。

それは青山欽之庄も心得ている。

「けしからんぞ、二日も音沙汰《おとさた》なしとは。どこでどうしておった」

と、客ノ間に入って来た欽之庄は夜着のままだった。顔は洗ったようだ。髷《まげ》はまだ整えていない。鬢《びん》のほつれなどが目立つ。そのまま端座で向かい合った。

「はっ。板橋宿にひと晩、さらに内藤新宿にひと晩、泊まりましてございます」

「ふむ。板橋宿はわかるが、内藤新宿はなにゆえ」

「順を追って申しまする」

仁左は話しはじめ、青山のほうがひと膝《ひざ》まえにすり出た。さすがに目付か、途中で問いを入れることなく、ただ凝《じ》っと聞き役にまわった。

板橋宿で金塊の出た鶴屋の裏手の木賃宿に泊まり、そこで得た状況を話し終えると、

「ふむ。その薪雑棒がたまたま鶴屋のかまどで燃やされたのだな。質屋を兼ねた両替商の鳴海屋が、そこに係《かか》り合《お》うていたと申すか」

ようやく青山は問いを入れた。

仁左は返した。

「わかりませぬ。それにつきましては早急《さっきゅう》に然《しか》るべき人数を入れ、探索のほどを願わしゅう存じまする」

「相分《あいわ》かった。すぐに手配しようぞ。して、内藤新宿とはいかなることか」

「これにつきましては、相州屋の合力《ごうりき》を得てのことにございます」

仁左は前置きし、

「昨夜、元御庭番の山辺小十郎と大久保又四郎と対峙いたしましてございます」

「なんと！　で、いかに」

上体をさらに前へかたむけた青山に、仁左はひたいを近づけ、

「あの両名、したたか者にございます」

さらに前置きし、そのときの応酬《やりとり》と目くらましをかけられたようすを、忠吾郎らの合力も含め、あますところなく語った。

「むむっ。その両名、生きておったも不可解だが、豪雨のなかに錠前を破り、

金塊を鉛とすりかえるなど、さすがは元御庭番よ。いや、感心しておるときではないのう」

　青山は歎息《たんそく》し、

「時間がない。百人番所に瑕《きず》がつかぬよう、早《はよ》う金塊をなんとかせねばならぬ。あの番所も若年寄支配、内藤紀伊守さまだ。このあと登城し応急の処置をすぐにも相談してみよう」

「それにつきまして、私に一つの案がございます」

　仁左は上体を前に倒したまま、さらにひと膝すり出た。まさに青山とひたいを寄せ合うかたちになった。

　仁左は語り、青山は幾度もうなずきながら聞き終え、

「相分かった。さっそく手配いたそう。紀伊守さまにはまさしく御身《おんみ》に関わることゆえ、ご異存はあるまい。ともかくそなたは両名がなにゆえ執拗《しつよう》に秋岡左八郎を陥れようとするのか、原因を探るのだ」

「はっ」

　仁左はようやく上体も膝ももとに戻した。

「必要なら、人数をまわそうか」

「いえ。その儀なれば、札ノ辻の相州屋がよう合力してくれますので」

「ふむ、あの面々だな」

「御意」

「したが、原因の如何《いかん》によっては、紀伊守さまばかりか、畏《おそ》れ多いことだが、上様のご裁量にも瑕がつくことになるやも知れぬ。秋岡左八郎の旗本取立てに直々《じきじき》のお声がかりがあったという、あの裁量だ。くれぐれも心してかかれ」

「心得ましてございます」

仁左は返した。青山欽之庄はこのあと登城し、さっそく内藤紀伊守と鳩首《きゆうしゆ》し、百人番所の動きが慌《あわ》ただしくなり、きょうかあしたにも板橋宿で、もうひと騒ぎかふた騒ぎ起こることになろう。

あらためて背を押され、平伏する仁左に、

「そなたの進言どおり、きょう登城するに際しあの金の延べ棒二本、ふところに忍ばせておこうぞ。かかる策も、ご側室さまとのご閨房《けいぼう》にお忙しき上様の御為《おんため》かのう。ふふふ」

青山欽之庄は言った。家斉将軍への揶揄《やゆ》とも取られかねない言葉が出るのは、城外の屋敷でしかも相手が市井《しせい》に通じた仁左こと大東仁左衛門だからであろう。

含み笑いもなかば家斉将軍の行状に対してだが、策のあまりにも大胆なことに対するものでもあった。

四ツ谷御門に入り外濠城内を呉服橋御門に急いだ染谷は、奉行所の正面門を入るなり奥の居間に通された。奉行の居住区である。榊原忠之も夜着ではなかったが髷はまだ整えておらず、鬢のほつれなどが目立った。このような姿を奉行が配下の与力や同心に見せることはまずない。それだけ忠之もあさってに迫った家斉将軍の評定所御成の重大性を解しているのだ。

染谷からの報告を受けると、忠之も青山欽之庄とは別のことに驚き、

「ふむ。仁左め、ついに自分から隠れ徒目付と名乗りおったか。忠次もいるところでのう。ふーむ、大東仁左衛門というか。なるほど、それで仁左か」

と、慮外者《りょがいもの》が元御庭番であったこともさりながら、仁左がみずから名乗りを上げたことに幾度もうなずきを入れ、

「それだけ仁左……、いや、大東仁左衛門は、こたびの件に打込んでいるのじゃな。このこと口外無用とし、従来どおり大東、おっと、そうではないわ。仁左に合力してやるのじゃ。忠次もきっとそうするはずだ」

忠次こと忠吾郎の名が出たところで忠之はひと息つき、いくらかくつろいだ雰囲気になった。だが、表情は険《けわ》しかった。

言葉をつづけた。

「それにしても、公儀に殉じたはずの御庭番が、なにゆえ旗本になった組頭を陥れようとする」

「判《わか》りませぬ。あの両名、なかなかの者にございます。相州屋を根城《ねじろ》に引きつづき探索しますゆえ」

「ふむ。このこと、若年寄のみならず、場合によっては上様のご差配にも瑕疵《かし》があったということになるやもしれず、心してかかれ。玄八にもそのこと、徹底しておくのじゃ。励め」

「ははーっ」

染谷も仁左とおなじように、両の拳《こぶし》を畳についた。

こたびの金塊抜き取りの一件に、幕閣がなんらかの始末をつけるとき、町奉行所にもなにがしかの役務を下知《げじ》して来るはずである。北町奉行である榊原忠之にすれば、そのときに備え、事件の全容をできるだけ詳しく掌握《しょうあく》しておきたい。そのためにも、隠密廻り同心の染谷結之助を、隠れ徒目付の仁左こと大東仁左衛門に張りつけておく必要があった。

三

忠吾郎とお仙が札ノ辻へ戻ったのは、陽がすっかり昇り、街道もすでに昼間の動きとなった時分だった。

「どうしたんですかあ、いったい」

お沙世が空《から》の盆を持ったまま、茶店から街道に下駄の音を立て、

「仁左さんも染谷さんも玄八さんも宇平さんも戻らず、寄子のお宿はおクマさんとおトラさんだけ。二人とも心配していましたよう。ともかくお茶を」

忠吾郎とお仙の袖《そで》を引き、縁台に座らせた。

昨夜はあまりにも多くのことがありすぎ、お仙などは命の危険まで感じたのだ。気分的には幾日も札ノ辻を留守にしていた思いだろう。

「なにがなんだか、わけがわからないんだからあ。もう」

言いながら淹《い》れたお沙世の茶でのどを湿らせた忠吾郎が、

「で、こちらに変わったことはなかったかい。おクマとおトラはきょうもちゃんと仕事に出たかい」

「なに言ってるんですか。あの二人は雨か雪でも降らない限り、お仕事を休んだりしませんよう。きょうもさっき寺町《てらまち》のほうへ出かけました、二人そろって」

お沙世がふてくされたように言ったのへ、

「こたびの件、まだまだつづきそうですから、向後《こうご》のためわたくしからお沙世さんに話しておきます」

お仙が言い、忠吾郎は飲み干した湯飲みを縁台に置いて腰を上げ、

「そうだな。疲れていようが頼むぞ。わしは本業のほうをちょいと」

「旦那の本業はなんなんですよう」

街道を横切り、相州屋の玄関に向かう忠吾郎の背にお沙世は皮肉を投げ、

「お仙さん。こたびの件て、あの金塊にまつわること？」

と、お仙の横に腰を据《す》えた。

お仙はこれまでの経緯をかいつまんで語った。馬子《まご》や荷運び人足たちが数組、となりの縁台に座り、その都度お沙世が愛想《あいそ》よく応対した。まさか外に出した縁

台で若い娘が二人、将軍家御用の金塊にまつわる話をしているなど、想像もしないだろう。食べ物か役者の話でもしているようで、外の縁台はかえって周囲への目くらましになっている。

だが、このようすを陰から見ていた者がいる。もちろん、話し声が聞こえるような至近距離からではない。

小柄な男、鼠取り売りの山辺小十郎である。内藤新宿の追分坂から尾《つ》けて来たようだ。身なりは袷《あわせ》の着物を尻端折《しりはしより》に股引《ももひき》を着《つ》け、菅笠《すげがさ》をかぶっただけで、商売道具は持っていない。だから四ツ谷御門の近くで別れた仁左たちも、札ノ辻まで帰って来た忠吾郎たちも気づかなかったのだろう。そうでなくとも、元御庭番である。尾けるにもばれるようなヘマはしない。

昨夜、仁左とお仙に目くらましをかけ、左右に跳び散って姿を消したあと、さすがは元御庭番で、仁左とお仙たち五人がひと組になり、追分坂の亀井屋に帰るのを確認していた。だがそのなかの一人が、自分たちとおなじ木賃宿に泊まっているそば屋だとまでは気づかなかった。

それでも用心のため、木賃宿に戻った山辺小十郎と大久保又四郎は夜明けまえに木賃宿を引き払い、姿を消した。あとは逆に亀井屋を見張る態勢に入ったのだった。

そのことに玄八は気づかず、早朝に亀井屋に出向いたのだった。さいわい旅籠には早朝から人の出入りがあり、そのなかの一人がそば屋であることに、二人は気づかなかったようだ。

恰幅のよい忠吾郎、羅宇屋の仁左、遊び人の染谷、武家娘のお仙が天龍寺の鐘とともに亀井屋から出て来たのを、町人の形《なり》で菅笠をかぶった二人は尾けた。このとき、木賃宿のそば屋と古着屋は意識の外になっていた。

四人は四ツ谷御門の近くで、忠吾郎とお仙、仁左と染谷のふた組に分かれた。即座にほくろの大久保又四郎が仁左と染谷を尾け、小柄な山辺小十郎が忠吾郎とお仙についた。

それで山辺小十郎は、忠吾郎が寄子宿の相州屋に入り、〝姫〟が向かいの茶店の娘と縁台に座り、おしゃべりに興じはじめたのを、街道の物陰から見ていたのだ。見ていたといっても、一カ所に長くとどまっているのは不自然だ。すぐにその場を離れた。いずれかで大久保又四郎と落ち合うのだろう。

その大久保又四郎は、四ツ谷御門の近くで小十郎と別れてすぐ、

（——はて）

と、迷った。羅宇屋は外濠に沿った往還を北に進み、遊び人のほうは四ツ谷御門に入ったのだ。

迷いは瞬時だった。羅宇屋の名は大東仁左衛門、隠れ徒目付と昨夜名乗った。しかもその羅宇屋の進む方向には目付の青山欽之庄の屋敷がある。ほくろの又四郎は、羅宇屋の大東仁左衛門を尾けた。おいでおいでと、羅宇竹の音が導いてくれる。

案の定だった。羅宇屋の大東仁左衛門は、自分たちが幾度も文《ふみ》を投げこんだ目付の青山屋敷に駈けこんだ。

大久保又四郎にとって、それでじゅうぶんだった。邸内でなにが話されるか、想像はつく。忍び込み、それを確かめる危険は避けた。

又四郎は菅笠の前を上げ、

（——あの御仁、敵にまわせば手強《てごわ》いのう）

胸中につぶやき、外濠に沿った往還でそっときびすを返した。このあと、いずれかで仲間の山辺小十郎と落ち合うことになろう。

大久保又四郎は、大東仁左衛門がみずから名乗ったとおり、隠れ徒目付であるとの確証を得た。だが、四ツ谷御門を入った遊び人の染谷が、呉服橋御門内の北町奉行所に入ったのまでは、確認することはできなかった。

内藤新宿の木賃宿で二度寝を決めこんだ老け役の玄八がそば屋の屋台を肩に、古着の竹馬を担いだ宇平とともに札ノ辻に戻って来たのは、山辺小十郎が札ノ辻を離れ、茶店の縁台でお沙世に状況を語ったお仙が寄子宿に戻り、しばらく経ってからだった。

二度寝をしても、屋台を担ぎ内藤新宿から田町の札ノ辻までだから、けっこう疲れる。本物の年寄りの宇平などは、足が札ノ辻を踏むなりよろよろとよろけ、竹馬の足を地面にぶつけるように降ろすなり、茶店の縁台に崩れこんだ。

「あらあら宇平さん。そんなになって。あ、玄八さんも」

と、お沙世は縁台に座りこんだ宇平の肩を支え、横に腰を落とした玄八に、

「ご苦労さまです。ようすはさっきお仙さんから聞きました。いまお茶を淹れますから」

急いで店の中に駈けこみ、ぬるめのお茶を二人分、盆に載せて出て来た。街道を行く者からは、まるで若い娘が年寄り二人を労《いた》わっているように見えたことだ

ろう。

お沙世が羅宇竹の音を耳にし、街道に飛び出したのは、陽がそろそろ中天にかかろうかという時分だった。

「お疲れさーん。いま熱いのを一杯、淹れますから」

「おぉう、すまねえなあ」

お沙世に袖を引かれ、

「どっこいしょ」

声に出し、仁左は縁台に腰を投げ下ろした。立ち上がるときではなく、座るときに〝どっこいしょ〟の声が出るのは、よほど疲れているときだ。

お沙世は盆に載せて来た湯飲みを縁台に置きながら、

「ご苦労さま。さっき忠吾郎旦那が、お仙さんと一緒にお戻りです」

と、昨夜を窺《うかが》わせるような迎え方はしなかった。忠吾郎とお仙の帰りを告げるだけで、おおよそは聞きましたとの意味は伝わっている。

仁左もそれに合わせ、

「ああ、遠出でちょいと疲れたわい」

言いながら湯飲みを口にした。

市ケ谷から札ノ辻までの道すがら、

（──手は打った。青山さまは動いてくださる。岩よ、おめえの座敷牢はきょうあすまでだぜ）

仁左は幾度も脳裡《のうり》にくり返した。

その脳裡にあるとおり、きょうあすにも江戸城中に動きがあり、板橋にふたたび騒ぎをもたらすことになるだろう。それを想像したとき、

「──ふふふ」

つい含み笑いを洩らした。

そのようなときの、お沙世の淹れた茶である。

「旨《うま》い、うまいぞ」

「あら、そお。じゃあ、もう一杯」

お沙世は仁左の干した湯飲みを受け取った。

「おう、羅宇屋じゃねえか。となりにちょいと邪魔するぜ」

荷馬を三頭も引いた馬子がとなりの縁台に腰を投げ下ろした。そろそろ茶店はお茶だけ注文して持参の弁当を開く客でにぎわいそうな時分である。

遊び人姿の染谷がいつものようにふらりと戻ってきたのは、それら弁当の客で縁台が埋まっているときだった。

呉服橋御門を出て人通りの多い東海道を踏み、増上寺《ぞうじょうじ》の前を過ぎ、いつも奉行の忠之と一緒に忠吾郎や仁左と膝を交《まじ》える金杉橋の浜久のあたりで、

「あ、いけねえ」

思わず足をとめ、

「ま、あとでもいいか」

と、すぐに歩を進めた。

このとき染谷の脳裡にながれたのは、定町廻り同心が相州屋の裏庭にまで入りこんで挙げた、嘉平、逸平、新平のかわら版騒動の平家三人衆だった。

（――やつら、こたびの火付け役でもあったのだから、最後にドンと花火を打ち上げさせてやるのもおもしろいではないか）

染谷は思い、それを奉行にも話しておくつもりだったのだ。さきほど北町奉行所の奥の部屋で忠之と対座したおり、これまでの経緯と昨夜の一件を話すことに熱中し、つい三人衆のことは失念《しつねん》していたのだ。

茶店の縁台は荷運び人足や行商人で埋まっていた。それらの客はお茶だけでなく、弁当の口直しに煎餅《せんべい》などもよく注文してくれる。茶店としては、通りすがりにひょいと腰かけ、お茶を飲んで行くだけの客より実入りはある。

忙しいなかにお沙世は染谷を見つけ、

「あら、染谷さん。さっき仁左さんも帰って来ましたよ」

「おう、そうかい。ちょうどよかった」

染谷は返し、寄子宿への路地へ入って行った。

一同が相州屋の裏庭に面した居間に、追分坂の亀井屋のときのように膝を交えたのは、それぞれが疲れを癒《いや》した、陽も西の空に大きくかたむいた時分だった。宇平も顔をそろえている。数日めまぐるしく動いた一同が、これほどの気分的余裕を得たのは、

「市ケ谷のお屋敷のお人と膝詰《ひざづめ》し、進言をすべて受け入れてもらいやした」

と、仁左が言ったからだった。

月夜の下だったとはいえ、山辺小十郎と大久保又四郎には、隠れ徒目付の身分を明かし本名まで名乗ったものの、いつもの相州屋の居間では、まだ〝市ケ谷の

お屋敷のお人〟などと言っていた。一同はとっくに承知しているのに、やはり明るいところで面と向かっては言いづらいようだ。

このことはすでにお沙世もお仙から聞かされ、

「——やはり、そうだったの」

と、驚くよりも寂しげな顔になったものだった。仁左が帰って来たとき、お沙世がひと息おいて〝ご苦労さま〟と言ったのは、公儀の役向きに対してであったのかもしれない。

座はやわらいだ雰囲気のなかにも、緊張感はあった。

忠吾郎が言った。

「これで一件落着じゃねえぜ。きのう仁左どんが訊いた肝心なことがまだわからねえじゃ、どうも寝覚めが悪うていかんわい。仁左どん、見通しはどうだい」

染谷も玄八もお仙もうなずきを入れ、仁左に視線を向けた。

仁左は応じた。

「感触はありまさあ。きのうあの二人があっしとお仙さんに向けたのは、刃物じゃありやせん。遁走《とんずら》のための目くらましでやした」

一同はうなずき、仁左はつづけた。

「やつら、あっしらを敵とはみておりやせんぜ。なんで秋岡左八郎を陥れようとするか。やつらにはそれなりの言い分があると思いまさあ。それをやつらはきっと、あっしらへ早急《さっきゅう》に知らせて来やしょう。つまり、ほれ、お上の支配違《ちげ》えでさあ。きのうの話はまだお目付どまりで、町奉行所や火盗改、百人番所、八州廻りにゃ伝わっちゃいねえと思っているはずでさあ。それで思いを遂《と》げるまで、おめえさんらには関係のねえことゆえ、邪魔立てはしねえでくれ……と」

「ふむ。あり得るぜ」

と、染谷。

「ならば、あの人ら、すでに相州屋《こ》に気づいているってことですかい」

と、玄八。

仁左の言葉はつづいた。

「そうさ。元御庭番をあなどっちゃいけねえ。言っちゃあなんだが、やつらときた日にゃ、隠れ徒目付や隠密廻り同心を上まわる技量を持っていまさあ。ひょっとすると山辺小十郎どの、大久保又四郎どの、いまもいずれかから相州屋《こ》を窺《うかが》っているかもしれやせんぜ」

お仙が言った。

「あり得ることです」

目くらましを受け、かえって頭が冴《さ》えたのかもしれない。

実際、二人は来ていた。

お沙世の茶店に、赤地の幟旗《のぼりばた》を持った鼠取り売りと、肩に道具箱の紐《ひも》をかけた錠前直しが、茶店の縁台に腰をかけ、

「ちょいと姐《ねえ》さん」

と、お沙世に声をかけていた。このときお仙がお沙世に、昨夜対峙した二人組の風体《ふうてい》まで話していなかったのが、かえってさいわいだった。

四

お仙が〝あり得ること〟と言ったのとほとんど同時だった。

裏庭から軽やかな下駄の音の立ったのが障子《しょうじ》越しに聞こえた。

「おっ。あの音はお沙世ちゃん」

と、仁左が腰を上げ、

「どうしたい」

縁側に出た。

「あれえ、皆さん。なんなんですか。お集まりならあたしも呼んでくだされば いいのに」

庭から障子の中をのぞきこみ、

「いま、みょうなお客さんが縁台に座っていて、相州屋さんにねずみ取りや錠前 なおしのご用はありませんかって」

部屋の中の一同は互いに顔を見合わせた。それを話していたところで、かえっ て緊張の走らなかったのがさいわいだった。お沙世はなにも気づくことなく、

「だったら自分たちで直接行ったらって言うと、なにぶん初めてのところだか ら、これを旦那さまにって」

と、縁側に出て来た仁左に小さな紙片を手渡した。結んでも折ってもいない。

お沙世も紙面を見たことだろう。

受け取ると仁左はその場で目を通した。

——鼠取りのご用について伺《うかが》いたし　山辺屋
それだけだった。

「これは」

仁左は声を上げ、部屋に戻り忠吾郎に示した。

一読すると忠吾郎は、

「わかった。ここへ通してくれ」

「えっ、いいんですか？　それじゃあ」

下駄の音が路地のほうへ遠ざかった。

忠吾郎は言った。

「人数が多すぎちゃいけねえ。きのうの顔ぶれでいく。玄八どんと宇平どんは長屋へ戻れ。出て来るんじゃねえぞ」

「へ、へえ」

玄八は宇平をうながし、不満そうに縁側へ出て庭へ下り、寄子宿の長屋に戻った。部屋では忠吾郎、仁左、染谷、お仙が、ふたたび顔を見合わせた。

「うむ、さっそく来たかい。鬼が出るか蛇《じゃ》が出るか、こいつはおもしれえ」

「さあ、おめえが主役だぜ」

仁左が言ったのへ忠吾郎が返した。

仁左は無言でうなずいた。内心は昨夜以上に緊張している。

裏庭に足音が聞こえた。

障子越しに声が入って来た。小柄なほうの、山辺小十郎だった。

「遠慮は不要。そのまま上がりなせえ」

ふたたび仁左が縁側に出た。そこにいるのは、赤地の幟旗を手にした小十郎ひとりだった。

縁側からさらに言った。

「もう一人、大久保又四郎といわれたなあ、いかがなされた。お二人でお越しと聞いたが」

「又四郎は茶店に残してござる。暖簾《のれん》の内側の縁台に入りましてなあ」

「うっ」

声を洩らしたのは染谷だった。お沙世の茶店は暖簾の内側にも縁台がある。そこに大久保又四郎は入り、茶を飲み、煎餅をかじりながら、仲間の首尾を待っている。まったく自然のかたちで、茶店の爺さん、婆さん、さらにはお沙世も、仲間が無事出て来るまで、人質《ひとじち》に取ったのも同然なのだ。

「ふむ」

と、忠吾郎もその用心深さに感心したようにうなずき、

「よかろう。そなたらの言い分を聞こう。話はここだけのことに致すゆえ、存分

に話されるがよかろう」

　忠吾郎にとって、武家言葉を口にするのは何年ぶりだろうか。

「失礼つかまつる」

　小柄な小十郎も、形《なり》に似つかわしくない武家言葉で縁側に上がり、相州屋の居間の一人となった。

　上座も下座もない。雑然と五人は向かい合った。ただ、小十郎はいつでも外へ跳び出せるように障子を背にし、

「昨夜は失礼つかまつった」

　と、仁左とお仙に視線を向け、忠吾郎にはあぐらの膝に載せている鉄製の長煙管に目をやり、

「刀ではないと思うたが、変わった得物でござるなあ」

「そなたこそ」

　言ったのはお仙だった。小十郎は背の荷と一緒に幟旗を脇に置いている。その幟旗の棹《さお》が太い。仕込みのようだ。

「行商であちこちを歩いておれば、身に危険の迫ることもありましてなあ」

　と、小十郎はそれを肯是《こうぜ》し、

「そこもとらもかつてのわれらと同業であれば、話し合えば解《わか》っていただけようかと、きょうこうして伺ったしだいでござる」

「聞こう。昨夜は聞けなかったゆえ」

仁左がひと膝まえにすり出た。

小十郎は受け、

「昨夜は、そなたらには関係なきことと思うたゆえ」

話しはじめた。

はたしてそれは、家斉将軍の十一番目の姫、浅姫と福井藩主松平斉承《なりつぐ》の縁談がまとまったときのことだった。もっとも〝斉承〟という名は、このとき家斉の名を一字もらったもので、幼名は仁之助《じんのすけ》といった。

仁左が青山欽之庄から聞いたとおり、福井藩では受入れ派と遠慮派で内紛のあったことも事実だった。

それを調べるべく、すでに三十年近くも御庭番を務めた熟練の柴山源六郎が先発し、その増援要請で三十五歳の秋岡左八郎を組頭《くみがしら》に、三十歳の山辺小十郎と大久保又四郎が配下についた三人が江戸を発ったのも、青山欽之庄が語ったとおりだった。小十郎も又四郎も、仁左や染谷とおなじ世代だ。

三人が福井藩の領内に入ったのは、両派の闘争にほぼ決着がつき、藩が受入れ一本にまとまりかけていたときだった。それゆえにかえって遠慮派の抵抗は熾烈《しれつ》となり、藩は最後の緊張のなかにあった。領民にも戦いのあることはうわさとしてながれ、斬り合いの目撃談まで流布《るふ》されていた。

小十郎は言う。

「それゆえ城内や武家屋敷に忍び込まずとも、城下の日常のなかで得るものも多うござった。そこにわれらの油断が生じた、といまも悔《く》いておる。警戒中の藩士から目をつけられたのか、領民からの差口《さしぐち》（密告）があったのか、それは判らぬ。いずれの者とも知れぬ一群に、安宿での寝こみを襲われもうした」

源六郎を含めた四人はなんとか斬り抜けたものの、追っ手は執拗《しつよう》で海岸まで追いつめられ、地の利がある一群に、荒波の打ち寄せる岸壁の下で挟み撃ちに遭《あ》う形勢に持ちこまれたという。若年寄の内藤紀伊守は、三人が入ったとき柴山源六郎はすでに行く方知れずになっていたと報告を受けたようだが、実際にはまだ生きていた。

一同は固唾を呑んで聞いている。

小十郎の言葉はつづいた。

「われらは行商人姿で、得物は匕首《あいくち》しか持ち合わせておらず、逃げるには岸壁を登る以外なかった。身軽なそれがしがよじ登り、上から綱を投げもうした」

追いすがる敵を打ち払いながら、まず組頭の秋岡左八郎が綱に取りつき、さらに柴山源六郎、最後に大久保又四郎が登りはじめたという。

「このとき、われらはすべて手負いとなっておりもうした。先頭の秋岡さまがあとすこしで登りきるというとき、二番目の柴山どのが矢を受け、手を離し下の又四郎の頭上に滑り落ち、又四郎は必死につかまえようとしたが果たせず、柴山どのは岩場に転落し、そのまま波間に消えもうした」

「そなたらは」

と、仁左。

小十郎の声は落ち着いてはいるが、聞く者には肚《はら》の底から絞《しぼ》り出すような凄《すご》みが感じられた。

「その衝撃で、綱を結《ゆ》わえていた岩が崩れ、慌てて綱を握りもうした。したが、それがしも手負いゆえ」

と、着物の袖を抜き上半身をあらわにした。

「おぉぉ」

声は染谷だった。

肩と背に刀傷《かたなきず》があった。

「腿《もも》にも矢を受けもうした」

「それで」

忠吾郎がさきをうながした。

小十郎は応えた。

「この身で二人を支えねばならなかった。それがしも引きずられ、岩場から転落する寸前でござった。秋岡左八郎が匕首を抜き、身をねじり足元の綱を切りもうした」

「なんと！」

声はお仙だ。

「不意に一人分軽うなり、それがしもなんとか踏んばることができもうした」

「むむ」

仁左はうめいた。

話はつづいた。

「そのあとでござる。左八郎め、岩の上に立つなり口に咥《くわ》えていた抜き身の匕首で、いきなりそれがしに斬りつけて来もうした。かろうじて身をかわしたが足をすべらせ、岸壁の下に転落しましてなあ。気がついたら、別の岩場に打ち上げられておった」

「それから、どうなされた」

お仙が身を乗り出した。

「又四郎も近くの岩場に打ち上げられておった。源六郎どのを探したが、見つからなんだ。矢を射られ、落ちたのが岩場だったゆえ、助かってはおりますまい」

「お気の毒に。あの秋岡さま、いいえ、秋岡左八郎なる者、あなたにまで斬りつけたるは、おのれが綱を切ったのを隠蔽《いんぺい》するためですね。そのあとあなた方はいかように」

「とりあえず近くの山中に身を隠し、薬草をさがして傷を手当てし、ひとまずとなりの鯖江《さばえ》藩の領内に逃《のが》れ、すべてが癒《い》えるまでおよそ三月《みつき》……」

「ふむ。そのあいだに秋岡左八郎は、そなたらは生きていまいと判断し、一人生き延びた身として帰還し……」

「許せませぬ」

仁左が言ったのへ、お仙がつないだ。

「あとは城内のお目付に通じるそなたらゆえ、その後の経緯はわれらより詳しくご存じのはず」

「いかにも」

小十郎が言ったのへ仁左は返した。

四人の公儀隠密を狙ったのが遠慮派の残党か受入れ派によるものか、それは判らない。藩論をまとめた受入れ派が藩の内紛を隠そうと、公儀隠密殺害に及んだのかもしれない。

「それから三年近くものあいだ、いかように」

仁左の問いに小十郎は言う。

「組頭の所業があまりにも異常であったゆえ、われらとしては生きて江戸へ帰ることにかえって危険を感じもうした」

聞き入っている者は一様にうなずいた。

「それがしは薬草売りになり、ときには鼠取り売りにもなり、又四郎は錠前直しに扮《こしら》え、信州から甲州をながし、ときには江戸にも入り、小石川の組屋敷の近辺にも足を入れもうした」

言いながら仁左に視線を向け、

「仁左衛門どのも昨夜申されたとおり、源六郎どのも含めわれらの血筋の者が役務と家督を継いだことを、そこもとらはいかにお考えか。そこに秋岡左八郎の進言があったことは、われらも承知しておりもうす」

仁左は無言でうなずいた。その事実も青山欽之庄から聞いたとおりである。

夕陽を受けほのかな朱色に染まっていた縁側の障子が、もとの白色に戻った。陽が沈んだようだ。寄子宿のほうにおクマとおトラが戻っている気配がする。宇平と玄八が、

『いやあ、みんなでついつい遠出してしまい、帰《けえ》れなくなってしもうてなあ』

などと話していることだろう。

街道の茶店では、錠前直しの又四郎が屋内の縁台に座ったままで、

『ごゆっくりと。まだ閉めませんから』

事情のあることをお沙世は察し、声をかけているかもしれない。

徐々に薄暗くなる居間で、小十郎の話はなおつづいた。

「進言は秋岡左八郎の罪滅ぼしでも、まして親切からなどでもござらん。万が一われらが生きて戻った場合のことを恐れ……」

数年行く方知れずになっていた遠国御用の御庭番が、ひょっこり戻って来るの

は、ときにはあることなのだ。

「そのときに備え、われらの報復を牽制《けんせい》するためのもの。仁左衛門どのも申された。秋岡左八郎の身に異変が起これば、せっかく役務と家督を継いだわれらの血筋も、無事ではすまなくなる、と」

「確かに申した」

仁左は返し、

「それゆえにでござろうか。この件に目付を巻き込み、秋岡左八郎を陥れようとしたるは」

「いかにも。血筋を家督相続という人質にとられては、敵討《かたきう》ちもままならず。青山欽之庄さまには申しわけないが……。そこへそなたらのような隠れ徒目付が配置されていたことに気づかなんだは、われらの不覚」

無言で聞き役にまわっていた忠吾郎が、大きくうなずいた。

小十郎はつづけた。

「すべての手を封じられたいま、武士は相身互《あいみたが》いと申さば身勝手でござろうか」

「ござらぬ。存念を申されよ」

言ったのは忠吾郎だった。小十郎は忠吾郎を、この座の組頭と確信したことだろう。〝存念〟をそこに語った。

「かくなるうえは、われらは人知れず秋岡左八郎を断罪いたす所存。お手出しご無用と願いたい」

応じたのは忠吾郎だが、それは独断ではなかった。

「又四郎どのもここに呼ばれるがよかろう。ご心配なら、茶店の娘もここへ同道されるがよい。お仙どの、小十郎どのと一緒に呼びに行きなされ」

「はい」

お仙は返し、小十郎をうながすように腰を上げた。すでに仁左も染谷も、忠吾郎がこのあとなにを言おうとするかを解した。

だが、違った。合力は合力でも、仁左や染谷の考えよりも慎重だった。

「やつらの言っていることがほんとうかどうか、直接現場に立ち会い、秋岡左八郎の反応を見る以外《いげえ》ねえだろう。もし違《ちご》うていたなら、左八郎のほうを助けてやれ。あの者の言葉に嘘はねえと思うが」

忠吾郎は言ったのだ。

お沙世が来て、

「まあまあ、なんなんですか。爺ちゃん婆ちゃんは、これでやっとお店を閉められるとよろこんでいましたけど」

と、お仙と小十郎について縁側に上がるまで、ほんのわずかな時間だった。そのあいだに部屋には行灯が入り、忠吾郎、仁左、染谷は自分たちの〝存念〟を確認しあっていた。

座は、いっそう緊迫したものとなった。

だが、さほど長い時間はかからなかった。

鼠取り売りの山辺小十郎と錠前直しの大久保又四郎が、緊張した面持《おもも》ちで帰ったあと、

「いったい、いったい。説明してくださいな」

お沙世が行灯の灯りのなかに声を上げた。なによりも面喰《めんく》らったのは、座の一同が武家言葉で話していたことだった。

お仙がまた経緯を説明し、染谷は玄八を寄子宿に残したまま、急ぐように暗くなった街道を北町奉行所に戻り、仁左も出かけた。市ケ谷の青山屋敷である。

五

この日、大きな動きがあったのは、相州屋だけではなかった。数名の御庭番と徒目付が板橋宿に入り、かまどから金塊が出て評判になった鶴屋にわらじを脱いだ。もちろん旅籠の者は、いずれも御家人で微禄の武士という以外、その役職は知らない。

目付と百人番所の支配違いの壁を一時取り払うため、若年寄の内藤紀伊守が直接下知《げじ》したものだった。もちろん紀伊守は、他の幕閣たちに根まわしはしていた。

「――上様の御為《おんため》」

「――われら柳営の沽券《こけん》に関わること」

さらには、

「――浅姫さまと斉承《なりつぐ》どのの御寿《おんことぶき》に、瑕疵《かし》なきよう計《はか》らうため」

と、言われれば、勘定奉行の村垣淡路守《むらがきあわじのかみ》をはじめ、御側御用取次たちも否《いな》やは言えなかった。淡路守などは、

「――さように、疎漏《そろう》なきよう進められよ」

と、紀伊守に言ったものだった。

その夜、板橋宿の鶴屋は静かだった。徒目付は四人、御庭番も四人である。

それら八名が〝さように〟動き出したのは、家斉将軍の評定所御成があしたに迫った、翌十五日の早朝、日の出と同時だった。

徒目付の四名は鉢巻《はちまき》にたすき掛け、手甲脚絆《てっこうきゃはん》といった装束で、となりの両替商鳴海屋におもてと裏の質屋から打込み、あるじの七兵衛《しちべえ》を取り押さえた。驚いたのは鶴屋だった。下級武士と思っていた四人が打込み装束でお隣さんに踏込んだのだ。罪状は、

「旗本屋敷にて盗難の品が、この鳴海屋に持ちこまれたとの差口《さしぐち》があったゆえ」

というものであった。窩主買《けいずがい》の咎《とが》である。江戸の旗本屋敷がからんでおれば、徒目付の一群が動く理由は成り立つ。質屋でもある鳴海屋は、叩けばほこりはいくらでも出るのだ。

一群は宿場役人を呼びつけ、鳴海屋を監視下に置くと同時に、あるじと番頭、手代たちを江戸へ護送する準備に入った。

御庭番たちが動いたのは、陽がすっかり昇り、石神井川に面し流れを見ながら名物の鮎《あゆ》料理を食べさせる料理屋に、客が入りはじめてからだった。

その客たちが、

「おっ、あれはなんだ」

「侍じゃないのか。なにやってんだ」

と、ざわめきはじめた。

褌《ふんどし》一丁になった武士が川に入り、底を探りはじめたのだ。羽織を着けた二本差が一人、岸辺から差配し川に入っている者も髷から武士とわかる。異様な光景だ。それらは次第に川下へと移る。

かまどから金塊が出たうわさが、まだ冷《さ》めやらないときである。町場にたちまちうわさがながれた。

「お役人だ。金の延べ棒かもしれんぞ」

「両替屋で質屋のあそこが江戸の役人に打込まれたぞ」

鳴海屋の前に人が群れはじめ、橋の欄干《らんかん》にもすでに人がつらなっている。それらの目に入るのは、うわさどおりの光景だった。なかには役人よりも下流に先まわりし、着物を脱ぎ川に飛びこむ者も出はじめ、裾《すそ》をたくし上げ脛《すね》まで流れにつかり、川底をあさる女たちもいた。

「寄るなあ、寄るなあ」

差配の武士がそれらに怒鳴《どな》るが、肯《き》く者はいない。

ふたたび板橋宿は騒ぎの場となった。

この日の夜明け江戸府内に、もう一つの動きがあった。
深川である。北町奉行所の定町廻り同心が、すでに百敲《ひゃくたた》きで放免になってい
た嘉平、逸平、新平のねぐらを襲うというより訪ねていた。遊び人姿の染谷も一
緒だった。隠密廻り同心であることを示すため、最初から十手をかざしていた。
定町廻りは相州屋の庭に踏込んで、三人組をお縄にしたあの同心である。
放免になったはずなのに、寝起きにしかも定町廻りだけでなく隠密廻りまで来
たことに三人は慌て、
「旦那方、なんなんですかい。あっしらあのあと、なにもしてやせんぜ」
兄貴分格の嘉平が言ったのへ、
「あはは、おめえたちにとって悪い話じゃねえ。さあ、支度しろい。この旦那に
ついて行くんだ」

「ふふ、ちょいと遠出だ。急ぐぞ、早くしろ。わけは道すがら話すぜ」

三人を捕縛《ほばく》した同心が言ったのへ、遊び人姿の染谷が十手で手の平をヒタヒタ打ちながらつないだ。

「へ、へえ。ただいま」

と、スネにキズのある三人は、奉行所の同心に逆《さか》らうことはできない。隠密廻りなど、恐ろしくもある。

定町廻りは外神田のあたりまでつき合い、あとは染谷が一人で三人を引き連れるかたちになった。手甲脚絆をつけ、わらじの紐はきつく結び、急ぎ足である。

嘉平がまた言う。

「旦那、遠出たあいってえどこへ。この方向じゃ、まさか板橋⁉」

「そのまさかだ。それにおめえら、俺を旦那と呼ぶな。そうだなあ、この格好だ。兄イ、でいいだろう」

「へ、へえ、兄イ。で、板橋へなにをしに」

「まさか、また金の延べ棒！」

「そうだ。わけは板橋で話してやるから、間違わねえように、存分に書け。おめえら、文才がありそうだからなあ」

「えぇえ！」

逸平と新平がそれぞれに問い、驚きの声を上げる。

こんどは奉行所のお墨付きで、かわら版が出せるのだ。

昨夜遅く染谷が奉行の榊原忠之に進言し、裁可を得た策である。

「だったら、急ぎやしょう」

嘉平が言い、四人の足は速まった。

中山道の巣鴨村《すがもむら》のあたりで、江戸へ引かれる鳴海屋のあるじ七兵衛と番頭、手代の一行とすれちがった。縄尻《なわじり》を取り、護衛についているのは徒目付と宿場役人たちだ。互いに顔は知らない。

染谷は嘉平らに言った。

「よく見ておけ。あれもかわら版にするのだ。板橋の鳴海屋だ」

「げえっ」

前を幾度か通っているので、その存在は知っている。染谷が言ったのへ三人は驚き、引かれ者の三人の面を、しげしげと見た。引かれる三人は数珠《じゅず》つなぎになり、追い立てられるように歩を進めている。嘉平らは思わず首をすくめた。

その三人が染谷と一緒に板橋宿の地を踏んだのは、陽が中天にかかるにはまだいくらか間のある時分だった。

「おぉう、おうおう。ほんとだぜ」

「えぇえ、かまどじゃのうて、川から？」

「急ぎやしょう」

三人は口々に言い、宿場の中ほどで石神井川に架かる板橋に走りだした。

「おおう。待て、待て」

染谷が追うかたちになった。

——石神井川からまた金の延べ棒だ！

——お役人が見つけなすった！

——鳴海屋がけさ早く引かれて行ったぞ！

いずれもうわさなどではない。まさしく住人や旅人たちの目の前でそれらは展開されているのだ。三人はそのただ中に入ったばかりか、鳴海屋が江戸へ引かれて行くのを実際に見ているのだ。

「おうおう、俺たちも見たぜ」

と、町の住人と話の仲間にもなる。

「きょう出たのはあのあたりだ」

聞き込み、土手に走った。

浅瀬では大勢が流れの中に入り、脛までつかっている。

「俺たちも！」

新平が言い、逸平も着物を脱ぎはじめた。

「よせよせ。もう出ないぜ」

染谷は引きとめ、三人を橋の近くの料理屋に連れて行き、川面《かわも》は見えないが一室を取った。いま板橋宿で延べ棒は二本以外にないことを知っているのは、染谷と御庭番たちだけである。染谷は声を抑え言った。

「いいか、おめえら。書くことはわかってるな。さあ、いまから取って返しゃ、誰よりも早く、しかも正確なかわら版が出せるぞ。お上が後押ししてんだ。心おきなくやれ」

「へいっ」

三人は料理屋を出ると、さらにうわさで盛り上がる町筋を背に、来たときよりも速足で江戸へ取って返した。

染谷も、

（さあて、あとは仁左どん、いや、大東仁左衛門どのの首尾を待つか。あの御仁も、板橋のようすを聞きたがっていようから）

胸中につぶやき、料理屋を出た。

鳴海屋の前には野次馬が群れていた。

嘉平ら三人を追うかたちに、来た道を返す。板橋のうわさは、きょう午後には江戸に入るだろう。いま中山道を染谷とおなじ方向に歩を拾っている旅人や荷運び人足たちは、いずれも板橋の二度目の金塊騒ぎを目にしているのだ。

六

染谷が江戸に戻り、田町の札ノ辻を踏んだのは、陽がかなり西の空に入った時分だった。

お沙世の茶店の横に老けづくりの玄八がそば屋の屋台を出し、その横に宇平が古着の竹馬を据えていた。ということは、お仙は寄子宿で古着の繕《つくろ》いなどしていることだろう。

「お、旦那。そばでも一杯《いっぺえ》、どうですかい」

「おう。湯がいてもらおうかい」

玄八に呼びとめられるかたちで縁台に座った染谷へ、さっそくお沙世が奥から出て来て、

「どうでした」

お仙から経緯を詳しく聞き、すっかり事情を掌握している。

「まあ、三日もすりゃあ、またかわら版が出らあ。それよりも仁左どんは」

「朝早くに、お得意さんの武家屋敷に行くってカシャカシャ出かけたまま、まだ帰って来ておりません」

「なんでえ、まだ〝お得意さん〟などと言ってやがるのかい」

染谷が言ったのへ、お沙世はかすかに寂しそうな顔になった。

話しているところへ、向かいの相州屋の玄関から忠吾郎が達磨《だるま》顔をのぞかせ、

「仁左どんが帰《けえ》って来たら、みんな裏のほうへまわってくれ」

「へい」

玄八が返し、宇平に、

「おめえさんもだぜ」

「いいえ、私はここで商《あきの》うております。あちこち行くのは、もう疲れましたじゃ。

お嬢にもそう言うてあります」

宇平は返した。歳のせいか、本心のようだ。

仁左が羅宇竹の音とともに〝お得意さんの武家屋敷〟ならぬ、江戸城の目付部屋から帰って来たのは、このあとすぐだった。染谷もそばを手繰《たぐ》り終わったところだ。

「おう、ちょうどよかったぜ」

染谷が聞きたいことも話したいこともいっぱい抱えこんだように腰を上げ、お沙世が奥に向かって、

「お爺ちゃん、お婆ちゃん、またお願いね」

声を入れたのへ、祖母のおウメが暖簾から顔を出し、

「またかね、お沙世。あたしゃ爺さんと二人でどこか静かなところへ移り、穏やかに暮らそうかと思っているのに、これじゃねえ」

「まあまあ、そんなこと言わずに」

お沙世は困惑したように返し、前掛を外しにかかった。どうやら以前からそのような話が出ていたようだ。

いつもの相州屋の裏庭に面した居間に、忠吾郎、仁左、染谷、玄八、それにお仙とお沙世の顔がそろった。宇平は茶店の久蔵とおウメをときおり手伝いながら、すぐ横に古着の竹馬を出しつづけた。

忠吾郎が言った。

「さっそく今宵だが、まだ鬼が出るか蛇《じゃ》が出るか、やってみなきゃわからねえ。それよりも仁左どん、お城のお目付のほうはどうだったい」

「へい」

〝お城のお目付のほう〟と明瞭《めいりょう》に言われたのへ、仁左は素直に応えた。

「延べ棒は二本とも、お目付から若年寄さまをとおし、さっそく百人番所に渡ったようでさあ」

「それがきょう、板橋の石神井川から出たことにして、もうとっくに常盤橋御門外の金座に届いているはずでさあ」

染谷がつなぐように言った。

「ほう」

忠吾郎はうなずいた。

それは、仁左が青山欽之庄に依頼した策だった。

百人番所にすれば、大雨に乗じて金の延べ棒を鉛とすり替えたのが、元御庭番だったというのでは、はなはだ具合が悪い。その二人が公儀に殉じたと公表した者で、実は生きていたというのではさらにまずい。そのような報告をした組頭が上様のお声がかりで、御家人から旗本に取り立てられていたのでは、なおさらである。

まだある。生きていた山辺小十郎と大久保又四郎の目的が、組頭の秋岡左八郎を陥れることだった。それがおもてになれば、家斉将軍のお声が間違っていたことを衝くものとなり、忖度《そんたく》した幕閣の立場はなくなり、家斉にとりついだ御側御用取次は、将軍ともども世の笑いものとなる。

そのようなときに、まだ見つからない金の延べ棒とともに目付から進言があったのは、幕閣にとっても百人番所にとっても、まさしく渡りに船だった。

御用金輸送の一行は中山道で雨のなか、沓掛を出た。いますこしで軽井沢という山中に豪雨となり、進むも退くもままならない難渋のなかに、錠前師のいる盗賊に襲われた。

豪雨は百人番所が親野岩之助から聞き取った口書《くちがき》にあるとおり、事実である。その雨中に金塊をすり替えられたのも、仁左が山辺小十郎から聞き出しており、やはり事実だ。

相川番所からの警護の四人は盗賊に気づき、被害が延べ棒三本ですんだのは、警護の賜物《たまもの》だった。相川の役人四人は金塊警護の一方、慣れぬ軽井沢の山中に賊を探索し、秘かに警護についていた御庭番と合力し、幾度も見つけ幾度も見失った。幾日かの夜だった。板橋宿の近くで賊を見つけた。追捕《ついぶ》の役人は二人、合力の御庭番が二人、賊は三人だった。樹間で一人を斬り、夜の宿場に逃げこんだ賊どもを石神井川の土手に追いつめ、斬り合うなかに手負いとなった賊二人は川に飛びこんだ。朝になって下流で二人の死体を発見したが、金の延べ棒三本はなかった。

ともかく相川の役人四人は荷駄《にだ》人足たちを叱咤《しった》して江戸に急ぎ、金座に着くなり事件を報告した。百人番所では水練達者な御庭番数人を増援し、秘かに石神井川の探索に取りかかった。

ところが板橋宿の旅籠鶴屋のかまどから金の延べ棒一本が出た。

町奉行所はかわら版の三人を捕らえ、過度《かど》な流言飛語《りゅうげんひご》を防いだ。

一方、御庭番たちはさらに石神井川での探索を進めた。おもてになれば、野次馬が川に殺到し、探索が困難になる。よって、極秘の探索だった。

どうやら騒ぎになった金塊は、川底から役人よりも早く見つけた者がいて、両替商と質屋を兼ねる鳴海屋に持ちこんだ由《よし》。鳴海屋では品を訝《いぶか》りつつも預かり、いつ役人の手が入ってもいいように薪雑棒に仕込み、さりげなく裏庭に出しておいた。それがたまたまとなりの鶴屋のかまどにくべられたという次第らしい。

鳴海屋にはほかにも、窩主買《けいずがい》の余罪がある。

内藤紀伊守は青山欽之庄の報告というより策に一つひとつうなずいた。

辻褄《つじつま》は合う。すべてが作り話ではないのだ。おもて向きには、市ケ谷での拐《かどわ》かしも小石川の秋岡屋敷でのせめぎ合いもなかった。

策はさらに進む。ここからが正念場《しょうねんば》だった。青山は力説した。

「――そこへ秘かに石神井川を探索していた御庭番衆が、金の延べ棒二本を川底から見つけ出したことにいたさば如何《いかん》。刻印もあり、紛《まぎ》れもなくすり替えられた延べ棒にござるぞ」

若年寄にも百人番所にも、悪い話ではない。

異議を唱える者はおらず、用意万端のうえ、事件はおもてにされた。

それがきょうである。

染谷は板橋宿が盛り上がったところへ、かわら版三人組を誘導したのだ。

相州屋の居間で説明する仁左に、

「百人番所の四人や、そのほかの所に押し込められた人足たちはどうなったい」

忠吾郎は問いを入れた。

「金座が延べ棒を確認しだい、座敷牢の格子《こうし》は取り払われ、人足たちの禁も解かれるとか。いまごろ太い木の格子は、部屋の隅《すみ》にかたづけられていやしょう。相川の役人たちは、あした佐渡へ向け発ちまさあ。むろん人足たちも、給金に慰労《いろう》金《きん》までもらい、それぞれの郷里に戻ることになりやしょう」

ここまで仁左を動かしたのは、なかば私情であった。その私情を仁左は、相州屋の仲間にも話すことはなかった。

忠吾郎は言ったものだった。

「おめえも、おめえの差配役も、若年寄や勘定奉行、それに御庭番たちまで手玉に取るたあ、喰えぬのう」

「まったくで」

染谷が相槌《あいづち》を入れると玄八も無言でうなずき、お仙は強張《こわば》った表情を崩さず、いつも闊達《かったつ》なお沙世は蒼《あお》ざめていた。

忠吾郎の言葉はつづいた。

「したが、その策なら、山辺小十郎と大久保又四郎は、あくまで死んだことにしなきゃ、おさまりがつかねえぜ」

「そう、そのとおりです。そうでなければ、家督と役職をお継ぎになったお血筋の方々の地位まで危うくなります」

「さすがお仙さん、わかってるじゃねえか。それが御庭番てもんでさあ」

お仙が言ったのへ仁左が返し、忠吾郎がまた言った。

「その小十郎と又四郎に、どのようにあらためて死んでもらうか、はてまた死ぬのは秋岡左八郎になるか、今宵決まるのう。さあ、そろそろ出かけるか。みんな、それぞれの得物を用意しなされ」

さらりとした言いようだったが、重みはことさらにあった。

お沙世が遠慮気味に言った。

「あのう、あたしは」

「俺たちが出払ったあと、ここ《こ》にどんな大事《でえじ》なつなぎが入《へえ》るか知れねえ。それに備え、お沙世ちゃんにゃ札ノ辻にいてもらわねえじゃ、俺たちが困らあ」

「そういうことだ」

仁左が言い、忠吾郎までが言ったのでは、お沙世は従わざるを得ない。

「さあ、おクマさんとおトラさんが帰《けえ》って来ねえうちに」

玄八が一同を急《せ》かすように言った。

陽は西の空にかなりかたむいており、このあとしばらくすれば、寄子宿はまた婆さん二人の声でにぎやかになるだろう。

お仙は相州屋を出るとすぐ町駕籠を拾い、忠吾郎たちより先行した。駕籠には紺看板に梵天帯の中間になった仁左がつき添った。腰に差した中間用の木刀は、特別仕立ての仕込みである。

七

陽は落ち、すでに薄暗くなっている。

駕籠を駆ったお仙と仁左の姿は、提灯を手に江戸城外濠《そとぼり》の小石川御門の前にあった。乗って来た駕籠を待たせ、もう一挺の空駕籠もその場に呼んでいた。腰元と中間が、城門から出て来るあるじを待っている風情だ。

登城した旗本は、宿直《とのい》でない限り陽のかたむいた時分に下城し、挟箱持《はさみばこもち》の中間が外濠門外で待っている。

秋岡左八郎はいつも小石川御門から出入りしており、きょうは宿直ではない。暗くなるまで城内の百人番所に引き止めたのは、青山欽之庄の働きかけがあったからだ。ちょうどこの日、百人番所では座敷牢の取り払いや、拘束していた人足たちの解き放ちなど、日常ではない仕事のあったのが、いい口実になった。小石川御門外まで迎えに出た秋岡家の挟箱持を、あるじは所用で遅くなるからと返したのも青山欽之庄の差配だった。

ということは、今宵の仁左の策を承認しているというより合力し、さらに期待していることになろうか。

すでに閉じられた小石川御門の潜り門が開き、提灯を手にした秋岡左八郎が出て来た。左八郎にとって、ここ数日の動きには、理由《わけ》のわからないまま、

(まさか)

と、思いつつも、針の莚《むしろ》だったことが想像できる。実際、そうだった。

左八郎の提灯の灯りが近づいて来る。

二挺の町駕籠は担ぎ棒に小田原提灯を提げている。明るい。

仁左は手にした提灯を自分の顔に近づけ、お仙もその灯りに顔を近づけた。暗くなってから人に会うときの作法の一つだ。

「あっ」

と、声を上げ、左八郎は足を止めた。

仁左とお仙の顔は一度見て知っている。青山欽之庄の長子惣太郎を迎えに来た腰元と中間ではないか。このときから秋岡左八郎は、

（――なにゆえ）

と、解せぬことばかりで、徐々に針の莚に座らされていたのだ。

提灯をかざした中間を従えるようにお仙が、

「青山屋敷の腰元と中間にございます。山辺小十郎と大久保又四郎の件で質《ただ》したき儀がございます。お手間は取らせませぬ。町場の駕籠にて失礼なれど、さあ、ご同行願わしゅう存じまする」

言うと、さっさと前の町駕籠に乗り、垂《たれ》を下ろした。

すかさず仁左が腰を折り、左八郎に躊躇《ちゅうちょ》の間も与えず、

「さ、秋岡さま」

と、うしろの駕籠を提灯で示した。

「おお、青山さまのお屋敷か」

と、仁左の言葉につられるように、秋岡左八郎は駕籠に乗った。

「行けばわかります。さあ、駕籠屋さん」

駕籠の中で左八郎は仁左の声を聞いた。

さらに聞こえた。

「あらよっ」

「ほいさっ」

駕籠尻が地を離れ、担ぎ棒の小田原提灯とともに駕籠は揺れはじめた。

左八郎は垂のすき間から外を見るが、暗くてどこに向かっているのかわからない。青山屋敷の腰元と中間が迎えに来たのだから当然、

(市ケ谷御門外の青山屋敷)

左八郎は思っている。

昼間なら垂のすき間や物音から、町場か武家地かわかる。

だが、あるのは月明かりのみだ。市ケ谷御門外の八幡町も、昼間は茶汲み女たちの黄色い声が飛び交っても、この時分はすでに灯りはない。駕籠はいずれを走っているのか、見当がつかない。

だが、さすがに方向の異なるのに気づいたか、左八郎は垂をたくし上げ、

「これ、どこへまいる」

「へいっほ」

「へっほ」

　再度、

「どこへじゃと申すに」

　先を走る仁左がようやく首をうしろにまわし、

「もうすぐでさあ」

「へいっほ」

「へっほ」

「……ん⁉」

　暗くても、町中《まちなか》か樹間《じゅかん》か野原かはわかる。左八郎は気づいた。そこに家並みはなく、市ケ谷の火除地でもなく、野原のようなところではないか。

「これこれ、駕籠屋。ここはどこじゃ。停めよ」

「へい、着きやしてございやす。秋岡さま」

　先頭の仁左の声に揺れはとまり、駕籠尻が地に着けられた。

　駕籠舁きの小田原提灯に足元を照らされ、左八郎は駕籠から降り立った。駕籠舁きはすでに酒手をはずまれていたか、二人の客を降ろすなり早々にその場から走り去った。

「うう、ここは！」

「さようにございます、秋岡左八郎さま」

お仙が歩み寄り言った。

恐怖を感じたか、左八郎は手にしていた大小を急いで腰に差した。

「慌てることはねえぜ、秋岡どの。不意打ちなどしやせんから」

落ち着いた口調は、提灯を手にした仁左だ。

駕籠が停まり、担ぎ手のかけ声が熄《や》むと同時に、川の流れの音が聞こえて来たのだ。小石川の通りに沿った家並みを抜け、小石川そのものの川原に出ていたのだ。

この川には浅瀬が多く、田にも畑にもならないゴロタ石の川原が両岸に広がっている。だから小石川という名がついた。

流れの音に、月明かりがある。

仁左が提灯をかざさずとも、三人の立つすぐ前方に、人影が二つ、立っているのが視認できた。脇差を帯びている。近くに忠吾郎、染谷、玄八が潜んでいるはずだ。いずれも仁左の提灯の灯りを取り囲むように、声の聞こえる範囲に散開し息を潜めている。

「何者！」

左八郎は前方の影に向かい、腰を落とし刀の柄に手をかけた。

二つの影はゆっくりと歩み寄り、足を止めると、

「久しぶりだなあ、組頭どの」

「うっ、その声は！」

「覚えていてくださったか。ありがたいぜ」

山辺小十郎の声に、左八郎は腰を落としたまま一歩退き、

「ならば、もう一人は！」

「大久保又四郎にござる」

きのう相州屋の居間で、ここまで話し合っていたのだ。小十郎と又四郎に助勢するというのではない。そのときの双方の応酬《やりとり》を見守るためである。

それは月明かりの川原に展開された。

「やはり、生きておったか」

ここ数日、左八郎は怯《おび》えつづけた。その生死が明確になり、かえって開きなおる気分になったか、言いわけはなにもせず、

「わしを殺しに来たか。それよりも、おまえたちが生きておったとなれば、まずいことになるぞ。なにもかものう」

「わかっておる」

「われらの血筋への配慮はありがたいが、おのれの所業を糊塗《こと》せんがためのことであろう」

「それもあった」

詰問《きつもん》する又四郎に左八郎は応え、すかさず小十郎の声が入った。

「も、でござるか。それが主だったのではないのか」

「…………」

口を閉ざした左八郎に、小十郎は念を押すように言った。

「申されよ。なにゆえ組頭はあのような行為をなされた。崖から落ちたとき、打ち所によってはわれらも源六郎どののごとく、身が粉々になり魚の餌食《えじき》になっていたところ」

「それを意図したるは明白。なにゆえじゃ」

又四郎がつないだ。

左八郎は口ごもることなく応えた。これまで三年間、片時も脳裡を離れることがなかったのだ。

「あのとき転瞬、欲深い人間に戻ったのじゃ。気がついたら、わし一人が崖の上に立っておった」

「瞬時の気の迷いと言うか。なれど、許せぬ」

小十郎の声に、

「わかっておる」

秋岡左八郎が返した刹那《せつな》だった。

「お覚悟！」

「御免！」

町人姿の小十郎と又四郎の身が同時に飛翔《ひしょう》し、左八郎に抜き打ちをかけた。

左八郎は迫る刃《やいば》のいずれを防ぐか迷いが生じたか、それとも覚悟はできており、柄にかけていた手が動いたのは反射的だったか、刀身がわずかに見える程度に抜いたのみで、

「うぐっ」

前面から首筋にひと太刀、腹部には突きを受け、その場に崩折《くずお》れた。

仁左とお仙は、おととい の小十郎と又四郎のように、素早く左右に数歩跳び下

がっていた。

　忠吾郎、染谷、玄八が姿を現わした。

　それらに小柄な鼠取り売りの小十郎は言った。

「この場の配慮、かたじけのうござった。身勝手ながら、あとの処理もお願いいたしたい」

「心得た」

　応えたのは染谷だった。

　仁左が言った。

「公儀に殉じたとされているそなたら、生きて江戸の地に現われることはできもうさぬぞ。お家を継がれたお血筋方のためにも」

「われら元御庭番なれば、さようなことは百も承知してござる」

　小十郎が応え、錠前直しの又四郎が大きくうなずきを入れた。

「ならば、御免」

　いずれが言ったか、声とともに二人はゴロタ石を蹴り、その場から消えた。

　残った一同は大きく息をついた。二人の言葉に、偽《いつわ》りはなかった。

　玄八が言った。

「もっと派手な応酬《やりとり》と斬り合いがあるかと思うていやしたが、なんともあっけねえもんでやしたねえ」

「いや、鬼気《きき》迫るものがあった。わしら、あの二人というより、御庭番そのものを見くびっておったようだ」

「まことと、武家とは憐れなものでございます。生きるため、お家のため、子にも会えぬとは」

お仙がつぶやくように言った。

今宵もおなじであった。仁左と染谷は行くところがあり、忠吾郎とお仙、玄八は札ノ辻に戻った。

異なるところといえば、一同そろってホトケに合掌し、仁左は市ケ谷の目付の屋敷へ、染谷は北町奉行所へ、と明確に言ったことである。

死体の処理は奉行所であり、それが旗本であれば目付が乗り出すこととなる。

八

翌朝、青山屋敷から欽之庄に随《したが》い、羽織袴に二本差を帯びて出仕した仁左は、親野岩之助を組頭とする相川番所の役人、それに荷運び人足たちの一行を、外濠の神田橋御門からそっと見送った。板橋宿を過ぎるまで百人番所から御庭番数名がつき添うことになり、徒目付が会うことはできなかった。これも支配違いからのことであり、城内ではなおさらその壁は厚い。

青山欽之庄は、せめて神田橋御門までと、出向く大東仁左衛門に言っていた。

「そなたの尽力をな、岩之助に話しておいた。延べ棒三本とはいえ、輸送途中に御用金箱から抜き取られたのだから、切腹は覚悟していたようだ。かつての僚輩の捨て身の奔走《ほんそう》に、声を上げて泣いておったぞ」

相川番所の一行が神田橋御門を出るとき、親野岩之助は足をとめ、仁左衛門の姿を求めるようにふり返った。岩之助の目は仁左衛門を見いだすことはできなかったが、その姿を仁左衛門は物陰から見つめていた。

(よかった。よかったなあ、岩よ)

仁左は胸中につぶやいた。

一行はこのあと板橋宿で、まだつづいているであろう庶民の金塊騒ぎを目にするだろう。石神井川の流れが見える料理屋の板敷きで、しばし休息をとるかもしれない。

家斉将軍の評定所御成はきょう十六日、午前中におこなわれた。

露払いに立った若年寄の内藤紀伊守に下問《かもん》があった。

「城内ならびに城下に、評定所で吟味するような問題は起きておらぬか」

「太平にござりますれば、一点の曇りもなく、近ごろ佐渡より運びました金塊百斤も、金座にて一両小判に鋳造いたしおりますれば、やがて浅姫さまと松平斉承どのへの諸手当《ちょうじょう》も滞《とどこお》りなくすみ、上様にはご安堵願わしゅう存じまする」

「それは重畳」

家斉は満足げだった。おのれの閨房が幕府財政に困窮《こんきゅう》をもたらし、こたびの騒動を惹起《じゃっき》したことに、まったく気づいていない。

けさ早く北町奉行所の役人が小石川の川原に駈けつけ、徒目付も出て一人の旗本を検死したことなど、いちいち将軍に報告すべきことではない。

仁左が札ノ辻へ戻ったのは、陽が西の空にかなりかたむいた時分だった。

きのうは道具箱を寄子宿に置いて行ったのだから、形《なり》は手拭を吉原かぶりに着物の裾を尻端折にしているものの、背にカシャカシャの音はなかった。

それでもお沙世が目ざとく見つけ、

「ご苦労さまでした。話はお仙さんと玄八さんから聞きました。よかったあ、皆さんにケガがなくって。ともかくお茶を一杯」

と、無理やり縁台に座らせた。

「へえ。忠吾郎旦那が、お沙世ちゃんにも話しておけって言うもんで」

と、横合いから玄八が声を入れた。

けさから玄八はまた老けづくりをし、お沙世の茶店の横に屋台を据え、そばをゆがいている。

そのまた近くで、本物の老け顔の宇平が古着の竹馬を据えていた。

染谷はあのあと、相州屋には戻って来なかった。奉行所の仕事が忙しいのだろう。

お沙世がまた言った。

「そうそう、仁左さんが帰って来たら、一緒に裏の居間に来るようにと忠吾郎旦那から言われていたんだ。さあ、お茶を飲んでから、居間のほうへ」

お茶を縁台の上に置くと、奥に声を入れた。

「お爺ちゃん、お婆ちゃん。また縁台のほう、お願いしますね」

「またかい。わしゃあ早《はよ》う爺さんと一緒に、静かなところでのんびり暮らしたいよう」

おウメが返してきた。中で久蔵がうなずいたようだ。

相州屋の裏庭に面した居間に、忠吾郎、仁左、お仙、お沙世、玄八の五人が顔をそろえた。さきほどから一同が聞きたかった話を、仁左は切り出した。

「まだ沙汰《さた》は下りていやせんが、秋岡家の石高はそのままに長子が相続し、あと八年、十五歳になるのを待って百人番所への出仕が約束されるようで」

「ほう」

忠吾郎がうなずいた。それは御家人の山辺家や大久保家を継いだ者も、一切変化はないということを意味した。

「死体が受けていた傷は前から二カ所、いずれも致命傷だったようで、背に傷がありやせん。刀も抜きかけていたとかで、賊に背を向けていなかったことになりまさあ。賊ですかい？　昨夜、お役目で下城が遅うなり、屋敷に帰る途中に怪しげな人影を見つけ、小石川の川原まで追いつめ、斬り合いになったのだろう、と」

「吟味なさるのは、どのお目付さまなのですか」

お仙の問いに、仁左は応えた。

「そりゃあ青山さま、そう、あの市ケ谷の火除地横のお屋敷のお方でさあ」

一同は顔を見合わせ、お沙世も話は聞いており、一様にうなずきを見せた。

一同にとって、まだ気になることがある。

忠吾郎が問いを入れた。

「まえまえから気づいてはいたが、仁左、いや、大東仁左衛門どのよ」

「へ、へえ」

仁左はぎこちなく返した。

一同の視線が仁左に向くなか、

「おめえさん、どうするよ。これからのことよ」

隠れ徒目付がその正体を明かしてしまったのでは、もうおなじ場所で〝隠れ〟はできなくなる。

「そ、それは……その……どうしやしょうかい」

玄八も気になる。それを聞くため、相州屋の寄子宿に留《とど》まっているのだ。

むろん、お沙世もここ数日来、気になって仕方のなかったことなのだ。喰い入るように仁左を見つめている。

答えに戸惑う仁左へ、忠吾郎は助け船を出すように言った。

「場所を変えてはどうだ」

「えっ」

仁左が声を上げ、一同の視線は忠吾郎に向けられた。

その達磨顔が応えた。

「向かいの茶店さ。久蔵さんとおウメさんが、どこか静かな所へ移りたいと言いなすってるんだ。茶店はお沙世一人にならあ。そこへおめえさんが、どうでえ。茶店の亭主になりゃあ、おめえの役務も続けられらあ。もちろん必要がありゃあ、羅宇屋になるもいいさ。そのときにゃお沙世ががっちり茶店を守ってくれらあ。こたびがそうだったじゃねえかい」

「え、ええ、えっ。仁左さんが、あたしの亭主に！」

お沙世は顔を赤らめた。

「そ、そりゃあ……、お沙世ちゃんさえよけりゃあ。……あっしもそれを、以前から、まあ、その……」

「こいつはいいや。さっそく染の旦那に」

早くも玄八は腰を浮かせかけた。

裏庭がにぎやかになった。おクマとおトラが帰って来たのだ。あとでお仙が話すはずだ。今宵、寄子宿の長屋は盛り上がることだろう。

長煙管の忠吾郎と深編笠の忠之が、金杉橋の浜久で膝を交えたのは、その翌日だった。

忠吾郎には忠之と会うほかに、もう一つ用事があった。仁左がお沙世の茶店に婿入りすることを、お沙世の兄夫婦の久吉とお甲に話さなければならない。媒酌人が忠吾郎であれば、久吉とお甲に否《いな》やはない。

その役務を終えたところへ、深編笠が来た。

いつもの時刻に一番奥の部屋で、手前の部屋は空き部屋にしている。この日は縁談の話もあり、当人の仁左は同行しておらず、忠之も一人で来た。

実の兄弟二人で酌み交わすといっても、昼間であればそうは飲めない。

似た達磨顔の忠之は言う。

「染谷からも聞いたが、仁左め、とうとう自分から言いおったのだなあ。それで相州屋を出て向かいの茶店の亭主に……か。おもしろい。いや、めでたいぞ」

北町奉行の榊原忠之は顔をほころばせ、

「隠密廻り同心の染谷結之助と、隠れ徒目付の大東仁左衛門か。おもしろいぞ、忠次《ただつぐ》。少なくとも札ノ辻では、支配違いの壁はない。存分に働けようぞ」

「こたびもそうだったぜ。だから火盗改も八州廻りも出し抜き、目付も若年寄も手玉に取り、御庭番までうまく動かすことができたのだ。北町奉行所もなあ」

「そう、それは認める。そこでだ、忠次。おまえ、榊原家に戻り、分家を立てる気はないか。相応の禄を食《は》めるよう手配はするぞ」

「ゲェッ」

忠吾郎は飲みかけた酒を、とんでもないといったように吐き出し、

「わかっちゃいねえなあ、兄者は」

故意に伝法な口調をつくった。


そのまた翌日、十八日である。

羅宇屋の仁左は近場をながし、陽のかたむきはじめたころに帰って来て、お沙世の茶店の縁台でひと休みしていた。

そこへ、

「あれあれ仁左さん、もうはやお沙世ちゃんとデレッとして。それよりもこれ、これ」

「金塊、また金塊だよう。それも、またまた板橋でっ」

太めで丸顔のおクマが、半紙ほどの紙片をひらひら振り、よたよたと急ぎ足で茶店に近づき、細めで面長のおトラが、息せき切りながら声を上げ、一緒に足をもつらせた。

おクマとおトラはきょうも増上寺の門前町をながし、そこの大通りで、

「——さあてさて。またも板橋で金の延べ棒が出やがったい。それが奇妙頂礼《ちようらい》じゃねえ。まえの分も合わせ、すべては解決だぜ」

「さあ、詳しくはここに書いてあるよ。一枚十六文だあ」

太鼓を叩き声を張り上げているのは、嘉平、逸平、新平の平家三人衆だった。彫り師と摺り師を急がせ、きょうやっと摺り上がったのだ。でも、役人に隠れてではなく、派手に売って一枚摺り十六文はちと高い。それでも、

「おう、またかまどからかい。一枚くんねえ」

「あたしもっ」

さらに嘉平が声を張り上げた。

「金の延べ棒騒ぎはこれで一件落着。買わなきゃ損だよ」

その場はたちまち往来人や参詣人が群れた。板橋のかまどから出た金塊が、まだ人々の話題になっているのだ。

おクマとおトラは押しのけ押しのけられ、ようやく二人がかりで一枚買い求めた。このあとすぐかわら版は売り切れた。この分だと三人衆はまた摺り増しをして値を吊り上げ、日本橋をはじめ数日にわたって読売りをすることだろう。

おクマとおトラは貴重な一枚を、早く相州屋の面々に見せようと急ぎ札ノ辻に戻って来たのだ。

おトラの声に札ノ辻の往来人が足をとめ、

「なに！　また金の延べ棒！　かわら版が⁉」

「ここでこのめえ、かわら版屋がお縄になったばかりじゃねえか」

と、たちまち茶店の前に人だかりができた。忠吾郎とお仙も出て来た。

だが、かわら版は一枚しかない。

「待て待て、俺が読んで聞かせてやらあ」

仁左がおクマからかわら版を受け取った。

声が飛ぶ。

「おう、羅宇屋。おめえ、字が読めるのかい」

「あたぼうよ。ガキのころから寺子屋に通ってらい」

「危ないよう。まわりにお役人、いないよねえ」

顔見知りのおかみさんがあたりを見まわした。

「大丈夫《でえじょうぶ》、大丈夫」

と、仁左は辻説法よろしく縁台の上に立った。隠密廻り同心が出ているかもしれない。だがそれは、売れ行きを確認するためのものであることを、仁左も忠吾郎も知っている。

読みはじめた。

読みながら仁左は、

（さすが染谷の旦那だぜ。あの三人衆をうまく使いやがった）

思ったものである。

そこには、金塊の流出はどうやらお上の御用金が盗まれたもので、捕方に追われた賊が石神井川に投げ捨てたものの、

――たちまち御用に
鶴屋のかまどから出たのは、そのうちの一本を川底から拾い上げた者が質屋の

鳴海屋に持ちこみ、鳴海屋が薪雑棒に隠したのがたまたま鶴屋のかまどにくべられただけ、とある程度真実に近いことが記《しる》されていた。

さらに、

――紛失した延べ棒は三本にて、お上の必死の探索により、すべて回収

――鶴屋は正直に届け出たことを褒《ほ》められ、邪《よこし》まに係り合った鳴海屋はお縄になり闕所《けっしょ》（私財没収）と相成《あいな》り

このかわら版を見て江戸府内から板橋に走る者がおれば、実際に鶴屋のとなりで闕所になった鳴海屋を見るはずである。さらに町の者からも、金の延べ棒二本を役人が川底から見つけ回収したことを聞くことになるだろう。

おもての騒ぎが一段落したあと、おクマとおトラは逃げるように路地奥の寄子宿に戻り、つき添ったお仙とお沙世に、

「驚いたあ、増上寺のほうもえらい騒ぎだったけど、こっちもこんな大事《おおごと》になるなんて」

「それにしても増上寺から走りっぱなしで、疲れたあ」

言うなり畳にパタンと倒れこんだ。顔は満足そうだった。

いつもの相州屋の居間に忠吾郎と仁左、お沙世とお仙の四人の顔がそろった。

仁左が言った。

「さすが町方の奉行所が考えることだ。町場の与太と野次馬をうまく使って、事件の一件落着を世に知らしめるたあ。高札場の〝告〟などより、断然効き目がありまさあ」

「したが、こたびの元凶が那辺《いずれ》にあるか、かわら版でも踏込めないのが口惜しゅうございます」

お仙が言った。家斉将軍の閨房のことである。巷《ちまた》に洩れるうわさでは、絶倫はまだつづいているそうな。

「それよりもだ……」

忠吾郎が話題を変えるように言った。

「このつぎに札ノ辻がきょうみてえに賑わうのは、祝言のときかのう。相州屋の座敷《こ》で挙げようかい」

「まあ、旦那」

お沙世がまた顔を赤らめた。

忠吾郎はさらに言った。

「ことのついでじゃねえが、これを機に奉公人の口入れだけじゃのうて、嫁入りの仲人《なこうど》も稼業にしようかのう。武家屋敷に心当たりもあるでのう」

「えっ」

お仙が軽い驚きの声を洩らした。

文政三年（一八二〇）卯月《うづき》（四月）も下旬になっていた。

闇奉行　切腹の日

一〇〇字書評

切り取り線

購買動機（新聞、雑誌名を記入するか、あるいは○をつけてください）

- □（　　　　　　　　　　　　　　）の広告を見て
- □（　　　　　　　　　　　　　　）の書評を見て
- □ 知人のすすめで
- □ タイトルに惹かれて
- □ カバーが良かったから
- □ 内容が面白そうだから
- □ 好きな作家だから
- □ 好きな分野の本だから

・最近、最も感銘を受けた作品名をお書き下さい

・あなたのお好きな作家名をお書き下さい

・その他、ご要望がありましたらお書き下さい

住所	〒				
氏名		職業		年齢	
Eメール	※携帯には配信できません	新刊情報等のメール配信を 希望する・しない			

この本の感想を、編集部までお寄せいただけたらありがたく存じます。今後の企画の参考にさせていただきます。Eメールでも結構です。

いただいた「一〇〇字書評」は、新聞・雑誌等に紹介させていただくことがあります。その場合はお礼として特製図書カードを差し上げます。

前ページの原稿用紙に書評をお書きの上、切り取り、左記までお送り下さい。宛先の住所は不要です。

なお、ご記入いただいたお名前、ご住所等は、書評紹介の事前了解、謝礼のお届けのためだけに利用し、そのほかの目的のために利用することはありません。

〒一〇一 - 八七〇一
祥伝社文庫編集長　坂口芳和
電話　〇三（三二六五）二〇八〇

祥伝社ホームページの「ブックレビュー」からも、書き込めます。

http://www.shodensha.co.jp/bookreview/

祥伝社文庫

闇奉行《やみぶぎょう》　切腹《せつぷく》の日《ひ》

令和 元 年 6 月 20 日　初版第 1 刷発行

著　者　喜安幸夫《きやすゆきお》

発行者　辻　浩明

発行所　祥伝社《しょうでんしゃ》
東京都千代田区神田神保町 3-3
〒 101-8701
電話　03（3265）2081（販売部）
電話　03（3265）2080（編集部）
電話　03（3265）3622（業務部）
http://www.shodensha.co.jp/

印刷所　萩原印刷
製本所　ナショナル製本
カバーフォーマットデザイン　中原達治

Printed in Japan ©2019, Yukio Kiyasu ISBN978-4-396-34540-2 C0193

祥伝社文庫の好評既刊

喜安幸夫　**闇奉行 影走り**

人宿「相州屋《そうしゅうや》」の主《あるじ》・忠吾郎《ちゅうごろう》は奉行の弟。人宿に集う連中を率い、お上に代わって悪を断つ！

喜安幸夫　**闇奉行 娘攫《さら》い**

江戸で、美しい娘ばかりが次々と消えた。奉行所も手出しできない黒幕に「相州屋」の面々が立ち向かう！

喜安幸夫　**闇奉行 凶賊始末**

予見しながら防げなかった惨劇《さんげき》……。非道な一味に、反撃の狼煙《のろし》を上げる「相州屋」。一《いち》か八《ばち》かの罠を仕掛ける！

喜安幸夫　**闇奉行 黒霧裁き**

職を求める若者を陥《おとしい》れる悪徳人宿の手口とは？　仲間の仇討ちを誓う者たちが結集！　必殺の布陣を張る！

喜安幸夫　**闇奉行 燻《いぶ》り出し仇討《かたき》ち**

幼い娘が殺された。武家の理不尽な振る舞いの真相を探るため「相州屋」の面々が旗本屋敷に潜入する！

喜安幸夫　**闇奉行 化狐《ばけぎつね》に告ぐ**

重い年貢と雁字搦《がんじがら》めの厳しい規則に苦しむ農民を救え！　残虐で過酷な暴政に「闇走り」が立ちはだかる。

祥伝社文庫の好評既刊

喜安幸夫　闇奉行　押込み葬儀

八百屋の婆さんが消えた！　善良な民への悪行《あくぎょう》、許すまじ。奉行に代わって「相州屋」が悪をぶった切る！

喜安幸夫　闇奉行　出世亡者《もうじゃ》

出世のためにそこまでやるのか――？　欲と欲の対立に翻弄された若侍を救うため「相州屋」の面々が立ち上がる！

喜安幸夫　闇奉行　火焔《かえん》の舟

祝言を目前に男が炎に呑み込まれた。船火事の裏に仕組まれた陰謀とは？　奪われた数多の命の仇を討て！

喜安幸夫　隠密家族

薄幸の若君を守れ！　紀州徳川家のご落胤《らくいん》をめぐり、陰陽師の刺客と紀州藩薬込役《やくごめ》の家族との熾烈《しれつ》な闘い！

喜安幸夫　隠密家族　逆襲

若君の謀殺を阻止せよ！　紀州徳川家の隠密一家が命を賭けて、陰陽師が放つ刺客を闇に葬る！

喜安幸夫　隠密家族　攪乱《かくらん》

頼方《よりかた》を守るため、表向き鍼灸《しんきゅう》院を営む霧生院《きりゅういん》一林斎《いちりんさい》たち親子。鉄壁を誇った隠密の防御に、思わぬ「穴」が！

祥伝社文庫の好評既刊

富田祐弘

信長を騙《だま》せ 戦国の娘詐欺《さぎ》師

戦禍をもたらす信長に一矢《いっし》を報《むく》いよ！ 戦乱ですべてを失った少女が挑んだのは、覇王を謀《たばか》ることだった！

富田祐弘

忍びの乱蝶

織田信長の脅威に怯える京の都を舞台に、両親を奪った仇と、復讐に燃える娘盗賊との果敢なる闘い！

富田祐弘

歌舞鬼《かぶき》姫 桶狭間 決戦

圧倒的不利のなか、なぜ信長は勝ったのか？ 戦の勝敗を分けたのは一人の少女の存在だった——その名は阿国。

門田泰明

討ちて候 (下) ぜえろく武士道覚書

四代将軍・徳川家綱《いえつな》を護ろうと、剣客・松平政宗は江戸を発った。待ち構える謎の凄腕集団。慟哭《どうこく》の物語圧巻!!

門田泰明

秘剣 双ツ竜 浮世絵宗次《そうじ》日月抄

天下一の浮世絵師・宗次颯爽登場！ 悲恋の姫君に迫る謎の「青忍び」！ 炸裂する怒濤の「撃滅」剣法！

門田泰明

半斬《はんざん》ノ蝶《ちょう》 (上) 浮世絵宗次日月抄

面妖な大名風集団との遭遇、それが凶事の幕開けだった——。忍び寄る黒衣の剣客！ 宗次、かつてない危機に！

祥伝社文庫の好評既刊

門田泰明
半斬ノ蝶 下
浮世絵宗次日月抄

怒濤の如き激情剣法対華麗なる揚真《ようしん》流《りゅう》最高奥義！ 壮絶な終幕、そして悲しき別離……。最興奮の衝撃!!

門田泰明
皇帝の剣 上
浮世絵宗次日月抄

絢爛《けんらん》たる都で相次ぐ戦慄の事態！ 悲運の大帝、重大なる秘命、強大な公家剣客集団――宗次の撃滅剣が閃《ひらめ》く！

門田泰明
皇帝の剣 下
浮世絵宗次日月抄

太平の世を乱さんとする陰謀。闇で蠢《うごめ》く幕府最高権力者――京に最大の危機!! 書下ろし「悠《ゆう》と宗次の初恋旅」収録。

門田泰明
命《いのち》賭《か》け候《そうろう》 特別改訂版
浮世絵宗次日月抄

華麗な剣の舞、壮絶な男の激突。天下一の浮世絵師、哀しくも切ない出生の秘密!? 書下ろし「くノ一母情」収録。

門田泰明
汝《きみ》よさらば 一
浮世絵宗次日月抄

「宗次を殺る……必ず」憎しみが研ぐ激憤の剣。刃風唸り、急迫する打倒宗次の闇刺客！ 宗次の剣が修羅を討つ。

門田泰明
汝《きみ》よさらば 二
浮世絵宗次日月抄

四代様（家綱）容態急変を受け、騒然とする政治《まつりごと》の中枢・千代田のお城の最奥部へ――浮世絵宗次、火急にて参る！

祥伝社文庫の好評既刊

野口 卓
軍鶏侍《しゃも》
闘鶏の美しさに魅入られた隠居剣士が、藩の政争に巻き込まれる。流麗な筆致で武士の哀切を描く。

野口 卓
獺祭《だっさい》 軍鶏侍②
細谷正充《ほそやまさみつ》氏、驚嘆！ 侍として峻烈に生き、剣の師として弟子たちの成長に悩み、温かく見守る姿を描いた傑作。

野口 卓
飛翔 軍鶏侍③
小棚治宣《おなぎはるのぶ》氏、感嘆！ 冒頭から読み心地抜群。師と弟子が互いに成長していく成長譚としての味わい深さ。

野口 卓
水を出る 軍鶏侍④
源太夫の導く道は、剣のみにあらず。強くなれ――弟子、息子、苦悩するものに寄り添う軍鶏侍。

野口 卓
師弟 新・軍鶏侍《しゃも》
老いを自覚するなか、息子や弟子たちの成長を透徹した眼差しで見守る岩倉源太夫。人気シリーズは、新たな章へ。

野口 卓
家族 新・軍鶏侍《しゃも》②
気高く、清々しく園瀬に生きる。淡々と、しかしはっきり移ろう日々に、家族の姿を浮かび上がらせる珠玉の一冊。